源氏愛憎

源氏物語論アンソロジー

田村 隆=編・解説

はじめに——千年のリレー

新聞の見出しを各紙のデータベースで検索してみると、一九八〇年代中頃から『源氏物語』はしばしば「千年」という語とともに語られるようになる。二〇〇一年に公開された吉永小百合主演の映画は「千年の恋　ひかる源氏物語」だった。二〇〇八年十一月一日は『源氏物語』のことが初めて文献（『紫式部日記』）に現れてから千年ということで、「源氏物語千年紀」とされた。来年のNHK大河ドラマ「光る君へ」の公式ホームページの説明にも「千年の時を超えるベストセラー『源氏物語』」とある。

私達は、『源氏物語』は千年前の平安時代に書かれた物語であることを文学史の知識として習う。目の前にある『源氏物語』は教科書であったり文庫本であったり、あるいはスマートフォンの画面であったりするかもしれない。そうした「器」は今のものだが、物語を読み進めるうちに千年前の世界に触れ、驚き、心を動かされる。読みながら常に意識することはないが、ふとそれが遥《はる》か千年も昔に書かれたものだと改めて思うと、何やら途方もない気持ちになる。

千年を実感するには即物的な方法もある。物に即してと言うのは、書物という「物」を千年のリレーのバトンとして考えるのである。たとえば、平安時代末期に作られた国宝『源氏物語絵巻』や、鎌倉時代に藤原定家が監督・校訂した『源氏物語』の写本などは初期のバトンと言えよう。バトンは必ずしも同じ一本が次の所有者へ渡ってゆくばかりではなく、そこからまた新たな写本が作られ、写された元の本は火災や戦乱などで失われることも多い。江戸時代に入ると、木版印刷によって『源氏物語』は一層多くの読者を得る。『源氏物語』の展示を見に行き、さまざまな書型・装丁・筆跡・版面の本を眺めていると、読み継がれてきた長い年月がまざまざと感じられる。

そして、『源氏物語』の千年に及ぶ受容史・享受史の中で生まれた作品や言説もまた、同じくバトンとしての役割を果たしてきた。

作品としては、たとえば『源氏物語』の続篇と位置付けられる『山路の露』や『雲隠六帖』や、本居宣長《もとおりのりなが》による『手枕《たまくら》』、マルグリット・ユルスナール『源氏の君の最後の恋』などが挙げられよう。能の《夕顔》《葵上《あおいのうえ》》など、『源氏小鏡』のような梗概《こうがい》書、『修紫《にせむらさき》田舎源氏』といった翻案物、各種現代語訳や外国語訳、マンガの大和和紀《やまとわき》『あさきゆめみし』や小泉吉宏『まろ、ん？――大掴《おおづかみ》源氏物語』、舞台や映画やドラマなど、枚挙にいとまがない。そして、そうした側面とは別に、『源氏物語』について述べられたさまざまな批評的言説も受容史に含まれる。本書に収めたのはそうした『源氏物語』についての言説である。

『源氏物語』に関する批評言説の集成としては、すでに秋山虔《けん》監修、島内景二・小林正明・鈴木健一編集『批評集成・源氏物語』全五巻（ゆまに書房、一九九九年）が備わる。近世前期篇から戦時下篇までを網羅した専門書であり、『源氏物語』の受容史研究には必携と言える。本書はその守備範囲の上限を平安時代まで遡《さかのぼ》った上で、作品を新たに選んで文庫一冊に収めるという無謀な試みである。自《おの》ずと収録できる作品数は限られたが、あえてテーマごとに分けず成立順に並べることにより、通読の際に個々の作品の特徴とともに、時代による『源氏物語』観の変化もできるだけ感じ取れるよう工夫した。

本書の構成は二部に分れる。Ⅰは古典篇とし、『源氏物語』の同時代から江戸時代までの文章を収めた。Ⅱは近現代篇とし、明治時代以降の文章を収めた。対象は批評や論説に限らず、『源氏物語』に言及したものを広く収録した。作品や箇所を選ぶにあたっては、『源氏物語』への言及として著名なものをまずは候補としたが、『源氏物語』をまだ読んだことのない読者にとっても、それぞれの著者が『源氏物語』の何に着目しどのように考えているかを読み取りやすい作品や箇所を心がけた。本書が『源氏物語』を読む手引きとなれば嬉《うれ》しい。また、本書は『源氏物語』そのもののアンソロジーではないので、重要であっても『源氏物語』本文の長い引用のあるものはなるべく避けることにした。その上で、紙幅の都合から作品の主要な一部をごく短く取り上げ、簡単なリード文を付した。前近代の作品については注釈や現代語訳のかわりにリード文内で簡単な要約を加えたが、関心のある向きは是非前後の文脈を含め原典にもあたっていただきたい。

本書の目的は『源氏物語』の素晴らしさを喧伝《けんでん》することではないから、収録する作品は『源氏物語』を褒めたものに偏らないよう心がけた。ただ、作品を並べながら面白く思ったのは、『源氏物語』の魅力が文章ごとにさまざまな切り口で語られているのと同様に、『源氏物語』の批判の切り口も人により時代によりそれぞれということである。さらに言えば、詳しく読み込んだ上で例を挙げつつ論難するものもあれば、一方で読まず嫌いとも言うべき、読んだかどうか定かでないような、それでいて激しい批判もある。『源氏物語』を例に日本の古典の意義について批判する言説もあり、古典教育の是非は今日でも話題になることがあるが、古典そのものへの真っ直ぐな批判は読んでいてかえって小気味よいほどである。発表当時としては『源氏物語』受難の文脈で語られるそうした言説もまた、千年の中に位置付ければ『源氏物語』受容史の一角をなすと言えるだろう。なぜそのような角度から批判をするのかという問題意識のもとに、著者の他の作品を読んでゆけば、著者自身の思考を深く探ることにも繋《つな》がるのではなかろうか。誰が『源氏物語』のどこを面白いと語り、誰がどこを批判するのか、『源氏物語』受容史にはその両面がある。

読み比べる中で、批評の言説同士が対応するものにも何組か出くわす。本居宣長の『源氏物語玉の小櫛《おぐし》』と小林秀雄『本居宣長』のような関係はわかりやすいし、『六百番歌合』と『鳩巣《きゆうそう》小説』は歌学における『源氏物語』を正反対に位置付ける。同じ事柄を一方は褒め、もう一方は貶《けな》すのである。また、紫式部を才徳兼備の女性として示すような作者論の比重は近世中期以降、いったん小さくなるものの、近代に入ると良妻賢母思想のもと、文学の天才かつ円満な深みのある婦人として再び賞賛されるようになるのも皮肉なことである。

『源氏物語』の受容史、享受史、影響史、など言葉は色々とあるが、より具体的に言えば本書は『源氏物語』が読み継がれてきた、読書史のアンソロジーということになろうか。その読書史をたどることは、私達の『源氏物語』読書体験の鑑《かがみ》にもなるし、自分が抱いた感想が長い読書史の中でどのような読み方に近いのかといった用い方もできると思う。『徒然草《つれづれぐさ》』の第十三段に、「ひとり灯《ともしび》のもとに文《ふみ》をひろげて、見ぬ世の人を友とするぞ、こよなう慰むわざなる」という著名な一文がある。それは古典を読む醍醐味《だいごみ》と言えようが、加えて言えば、その古典について語った文章をも併せて読むことで、千年の先達の読者と自らの読みを披露し合う場になり得るのではなかろうか。

令和五年十月

田村　隆

凡例

一、古典篇の掲載作品は、旧字体を用いた出典については表記を新字体に改めた。また、読みやすさを考慮して、カタカナをひらがなに改め、適宜段落変えを施した。

一、近現代篇の掲載作品は、古典の引用箇所を除き、表記を新字体・現代仮名遣いに改めた。

一、掲載作品の本文中に「支那」「啞」といった、今日の人権意識や歴史認識に照らして不適切と思われる語句や表現がある。当該作品の著者が故人であること、また扱っている題材の歴史的状況およびその状況における著者の記述を正しく理解するためにも、底本のままとした。

目次

II　近現代篇

I

古典篇

紫式部日記

紫式部

平安時代中期の作家・歌人。生没年未詳。夫の死後、女房として一条天皇中宮彰子に仕えながら『源氏物語』を書きあげたとされる。著書に『紫式部日記』など。

『源氏物語』の作者紫式部による日記。執筆は寛弘七（一〇一〇）年から八年にかけての頃と見られる。

収録箇所は寛弘五年十一月一日、敦成《あつひら》親王五十日《いか》祝の宴《うたげ》の記事である。五十日祝とは誕生から五十日目に行われる祝いの儀式。敦成親王は一条天皇と中宮彰子の第一皇子で、藤原道長の孫にあたる。

右大臣藤原顕光《あきみつ》は酔い乱れて几帳《きちょう》の垂絹《たれぎぬ》を引きちぎり、『小右記《しょうゆうき》』の作者でもある右大将藤原実資《さねすけ》は女房の装束の褄《つま》や袖口《そでぐち》の襲《かさね》の色目を数えるなどしている。そんな中、左衛門督《さえもんのかみ》藤原公任《きんとう》が紫式部に「あなかしこ、このわたりに若紫やさぶらふ」（もしもし、このあたりに、若紫はいらっしゃいますか）と戯れかける。それに対して式部は、「源氏ににるべき人も見え給《たま》はぬに、かの上はまいていかでものし給はむ」（光源氏に似ているような方もお見えでないのに、ましてあの紫の上がどうしていらっしゃいましょう）と思って聞いていたというのである。『源氏物語』は公任のほか一条天皇にも読まれたことが日記の別の箇所に見える。

千年以上も前のこの何気ないやりとりが、現存する文献上、『源氏物語』についての初めての言及とされる。それが同じ作者の日記に書き留められているということで、千年のリレーの最初に収録することにした。

◇◇◇

御五十日《いか》は霜月《しもつき》のついたちの日。例の、人々のしたててまうのぼり集ひたる御前《おまへ》の有様、絵《ゑ》に描きたる物合《ものあはせ》の所にぞ、いとよう似て侍《はべ》りし。

御帳《みちやう》の東の御座《おまし》のきはに、御几帳《みきちやう》を奥の御障子《みさうじ》より廂《ひさし》の柱までひまもあらせず立てきりて、南おもてに御前の物は参り据ゑたり。西によりて大宮のおもの、例の沈《ぢん》の折敷《をしき》・何くれの台なりけむかし。そなたのことは見ず。御まかなひ宰《さい》相《しやう》の君讃岐《さぬき》、とりつぐ女房も釵子《さいし》・元結《もとゆひ》などしたり。若宮の御まかなひは、大納言の君。東に寄りて参り据ゑたり。小さき御台・御皿ども・御箸《はし》の台・洲浜《すはま》なども、雛《ひひな》遊びの具と見ゆ。それより東の間の廂《ひさし》の御簾《みす》少し上げて、弁《べん》の内《ない》侍《し》・中務《なかつかさ》の命婦《みやうぶ》・小《こ》中将の君など、さべい限りぞ取り次ぎつつ参る。奥にゐて詳《くは》しうは見侍らず。

今宵《こよひ》少輔《せう》の乳母《めのと》色許さる。正しき様うちしたり。宮抱き奉れり。御帳の内にて、殿のうへ抱き移し奉り給ひて、ゐざり出でさせ給へる火影《ほかげ》の御さまけはひ、ことにめでたし。赤いろの唐《から》の御衣《おんぞ》・地摺《ぢずり》の御裳《おんも》うるはしく装束《さうぞ》き給へるもかたじけなくもあはれに見ゆ。大宮は葡萄染《えびぞめ》の五重の御衣、蘇芳《すはう》の御小袿《こうちき》奉れり。殿、もちひは参り給ふ。

上達部《かんだちめ》の座は、例の東の対《たい》の西おもてなり。いま二ところの大臣も参り給へり。橋の上に参りて、また酔ひ乱れてののしり給ふ。折櫃物《をりびつもの》・籠物《こもの》どもなど、殿の御かたより、まうち君達とり続きて参れる、高欄《かう》に続けて据ゑ渡したり。たちあかしの光の心もとなければ、四位の少将などを呼び寄せて、脂燭《しそく》ささせて人々は見る。内の台盤所《だいばんどころ》にもて参るべきに、明日よりは御物忌《おんものいみ》とて、今宵皆急ぎて取り払ひつつ。

宮の大夫《だいぶ》、御簾のもとに参りて、

「上達部御前《おまへ》に召さむ」

と啓し給ふ。

「聞こしめしつ」

とあれば、殿よりはじめ奉りて皆参り給ふ。階《はし》の東の間を上にて、東の妻戸《つまど》の前まで居給へり。女房、二重三重づつ居わたされたり。御簾どもを、その間にあたりて居給へる人々、寄りつつ巻き上げ給ふ。

大納言の君、宰相の君、小少将《こ》の君、宮の内侍と居給《ゐたま》へり。右の大臣《おとど》寄りて、御几帳のほころび引き断ち、乱れ給ふ。「さだ過ぎたり」とつきしろふも知らず、扇《あふぎ》を取り、戯《たはぶ》れごとのはしたなきも多かり。大夫かはらけとりて、そなたに出《い》で給へり。「美濃《みの》山」歌ひて、御遊びさまばかりなれど、いとおもしろし。

その次の間の、東の柱もとに、右大将寄りて、衣《きぬ》のつま・袖口数へ給へるけしき、人よりことなり。酔ひの紛れを侮《あなづ》り聞こえ、また誰とかはなど思ひ侍《はべ》りて、はかなきことどもいふに、いみじくざれ今めく人よりも、げにいと恥づかしげにこそおはすべかめりしか。杯《さかづき》の順《ずん》の来るを、大将はおぢ給へど、例のことなしびの「千歳万代《ちとせよろづよ》」にて過ぎぬ。

左衛門の督《かみ》、

「あなかしこ、このわたりに若紫やさぶらふ」

とうかがひ給ふ。源氏ににるべき人も見え給はぬに、かの上はまいていかでものし給はむと、聞き居たり。

「三位《さんみ》の亮《すけ》、かはらけとれ」

などあるに、侍従の宰相立ちて、内の大臣のおはすれば、下より出でたるを見て、大臣酔ひ泣きし給ふ。

権中納言、隅の間の柱もとに寄りて、兵部《ひやうぶ》のおもと引こしろひ、聞きにくき戯れ声も、殿のたまはず。

更級日記《さらしな》

菅原孝標女

平安時代中期の作家・歌人。一〇〇八―一〇五九年より後。少女時代より『源氏物語』などの物語を耽読していた。夫との死別後、『更級日記』の執筆を開始した。

菅原《すがわらの》孝標女《たかすえのむすめ》による日記。成立は平安時代中期で、日記中唯一の年次記載は末尾近くに見られる天喜三（一〇五五）年十月十三日である。孝標女は紫式部と同時代の人で、『源氏物語』の熱狂的な読者だった。最初の愛読者の一人といえるだろう。

収録箇所は、『源氏物語』を耽読する作者の様子が記され、教科書にも掲載されることの多い著名な場面。冒頭にある「世の中いみじう騒がしうて」は疫病を表す言葉で、治安元（一〇二一）年に流行した疫病によって孝標女の乳母《めのと》が死去した。

文中の「かくのみ思ひくんじたるを」(そのようにばかりふさぎこんでいるのを)はその悲しみを指し、乳母を亡くしてふさぎこんでいた孝標娘は母の見せてくれる『源氏物語』を読むうちに慰められたのだという。「この源氏の物語、一の巻よりしてみな見せたまへ」という作者の願いはかない、おばからもらった『源氏物語』を読み耽《ふけ》る孝標女は「后《きさき》の位も何にかはせむ」(后の位も何になろうか)という気持ちだった。登場する女君達《きんだち》の中でも作者は夕顔や浮舟に惹《ひ》かれたようだ。

ちなみに、これは熱中のさなかに書かれた記事ではない。その頃のことを後年苦い反省とともに振り返って書いたものであることも日記読解の上で重要である。

◇　◇　◇

その春、世の中いみじう騒がしうて、まつさとの渡りの月かげあはれに見し乳母《めのと》も、三月《やよひ》ついたちに亡くなりぬ。せむかたなく思ひ嘆くに、物語のゆかしさもおぼえずなりぬ。いみじく泣きくらして見出だしたれば、夕日のいとはなやかにさしたるに、桜の花残りなく散り乱《みだ》る。

散る花もまた来《こ》む春は見もやせむやがて別れし人ぞ恋しき

また聞けば、侍従《じじゆう》の大納《だいな》言《ごん》の御むすめ亡くなりたまひぬなり。殿《との》の中将《ちゆうじやう》のおぼし嘆くなるさま、わがものの悲しきをりなれば、いみじくあはれなりと聞く。上り着きたりし時、「これ手本にせよ」とて、この姫君の御手をとらせたりしを、「さよふけてねざめざりせば」など書きて、「鳥辺《とりべ》山《やま》谷に煙《けぶり》のもえ立たばはかなく見えしわれと知らなむ」と、言ひ知らずをかしげに、めでたく書きたまへるを見て、いとど涙を添へまさる。

かくのみ思ひくんじたるを、心もなぐさめむと心苦しがりて、母、物語などもとめて見せたまふに、げにおのづからなぐさみゆく。紫のゆかりを見て、つづきの見まほしくおぼゆれど、人かたらひなどもえせず、誰《たれ》もいまだ都なれぬほどにてえ見つけず。いみじく心もとなく、ゆかしくおぼゆるままに、「この源氏の物語、一の巻《まき》よりしてみな見せたまへ」と、心のうちに祈る。親の太秦《うづまさ》にこもりたまへるにも、ことごとなくこのことを申して、出でむままにこの物語見はてむと思へど見えず。いとくちをしく思ひ嘆かるるに、をばなる人の田舎《ゐなか》より上《のぼ》りたる所にわたいたれば、「いとうつくしう生《お》ひなりにけり」など、あはれがりめづらしがりて、帰るに、「何をか奉らむ。まめまめしき物は、まさなかりなむ。ゆかしくしたまふなる物を奉らむ」とて、源氏の五十余巻《よまき》、櫃《ひつ》に入りながら、在中将《ざいちゆうじやう》、とほぎみ、せりかは、しらら、あさうづなどいふ物語ども、一ふくろとり入れて、得て帰る心地のうれしさぞいみじきや。

はしるはしる、わづかに見つつ、心も得ず心もとなく思ふ源氏を、一の巻よりして、人もまじらず几帳《きちやう》の内《うち》にうち臥《ふ》して、引き出《い》でつつ見る心地、后《きさき》の位も何にかはせむ。昼は日ぐらし、夜は目の覚《さ》めたるかぎり、灯《ひ》を近くともして、これを見るよりほかのことなければ、おのづからなどは、そらにおぼえ浮かぶを、いみじきことに思ふに、夢に、いと清げなる僧の黄なる地の袈裟《けさ》着たるが来て、「法華経《ほけきやう》五の巻をとく習へ」と言ふと見れど、人にも語らず、習はむとも思ひかけず、物語のことをのみ心にしめて、われはこのごろわろきぞかし、さかりにならば、かたちもかぎりなくよく、髪もいみじく長くなりなむ、光の源氏の夕顔《ゆふがほ》、宇治《うぢ》の大将の浮舟《うきふね》の女君《をんなぎみ》のやうにこそあらめ、と思ひける心、まづいとはかなくあさまし。

無名草子《むみょうぞうし》

藤原俊成女

鎌倉時代前期の歌人。生没年未詳。新三十六歌仙、女房三十六歌仙の一人として歌壇で活躍した。藤原定家は彼女の叔父にあたる。著作に『越部禅尼消息』など。

鎌倉時代初期成立の物語評論。作者は藤原俊成女《しゅんぜいのむすめ》（俊成は祖父で、養女となった）とされる。この『無名草子』では、掲出箇所の『源氏物語』批評に続き、『狭衣《さごろも》物語』、『夜の寝覚』、『浜松中納言物語』なども取り上げられる。現存しない物語への言及もあり、『風葉和歌集』などとともに散逸物語の資料としても貴重なものである。

評論は対話・問答形式で進む。俊成女は、紫式部が『源氏物語』を作り出したことは、現世のみならず前世からの因縁もあるのだろうと語る。「まことに、仏に申し請ひたりける験《しるし》にやとこそおぼゆれ」（まことに、仏に願った効験であろうかと思われます）とあるのは作者紫式部のことだろうが、だとすれば後の『河海抄《かかいしょう》』（四九頁）などに見られる石山寺参籠《さんろう》の伝承の原型となるような言い伝えだろうか。

問いかけには、「巻々の中に、いづれかすぐれて心に染みてめでたくおぼゆる」（『源氏物語』の巻々の中で、どの巻が抜きんでて心にしみてすばらしいと思われますか）や、「めでたき女は誰々《たれたれ》かはべる」（すばらしい女君にはどんな方々がいるでしょうか）など、今日の『源氏物語』読者も交わすようなやりとりがあり、当時の人々が『源氏物語』のどこに惹《ひ》かれていたか具体的に知れるのも楽しい。

わずかに『うつほ物語』、『竹取物語』、『住吉物語』などのみが先行の物語としてある状況において『源氏物語』が書かれたことを凡夫の仕業とも思えないと評する。巻々の論では、桐壺《きりつぼ》・帚木《ははきぎ》・夕顔以下、各巻を挙げつつ見所を述べてゆく。「宇治のゆかりは、『こじま』に様変はりて」とある「こじま」は物語中に「橘の小島」を詠んだ歌のある浮舟巻を指すかとされる。「めでたき女」としては、桐壺更衣、藤壺の宮、葵《あおい》の上、紫の上、明石《あかし》の君を挙げている。

◇◇◇

「さても、この『源氏』作り出《い》でたることこそ、思へど思へど、この世一つならずめづらかにおぼほゆれ。まことに、仏に申し請《こ》ひたりける験《しるし》にやとこそおぼゆれ。それより後の物語は、思へばいとやすかりぬべきものなり。かれを才覚にて作らむに、『源氏』にまさりたらむことを作り出だす人もありなむ。わづかに『うつほ』『竹取』『住吉』などばかりを物語とて見けむ心地《ここち》に、さばかりに作り出でけむ、凡夫のしわざともおぼえぬことなり」など言へば、また、ありつる若き声にて、「いまだ見はべらぬこそ口惜しけれ。かれを語らせたまへかし。聞きはべらむ」と言へば、「さばかり多かるものを、そらにはいかが語りきこえむ。本を見てこそ言ひ聞かせたてまつらめ」と言へば、「ただまづ今宵《こよひ》おほせられよ」とて、ゆかしげに思ひたれば、「げに、かやうの宵、つれづれ慰めぬべきわざなり」など、口々言ひて、

「巻々の中に、いづれかすぐれて心に染《し》みてめでたくおぼゆる」と言へば、「『桐壺《きりつぼ》』に過ぎたる巻《まき》やははべるべき。『いづれの御時《おほむとき》にか』とうちはじめたるより、源氏初元結《はつもとゆひ》のほどまで、言葉続き、ありさまをはじめ、あはれに悲しきこと、この巻に籠《こも》りてはべるぞかし。『帚木《ははきぎ》』の雨夜《あまよ》の品定《しなさだ》め、いと見どころ多くはべるめり。『夕顔』は、一筋に、あはれに心苦しき巻にてはべるめり。『紅葉賀《もみぢのが》』『花宴《はなのえん》』、とりどりに艶《えん》におもしろく、えも言はぬ巻々にはべるべし。『葵《あふひ》』、いとあはれにおもしろき巻なり。『賢木《さかき》』、伊勢の御出《い》で立ちのほども艶にいみじ。院隠れさせたまひて後、藤壺《ふぢつぼ》の宮、さま変へたまふほどなどあはれなり。『須磨《すま》』、あはれにいみじき巻なり。京を出《い》でたまふほどのことども、旅の御住まひのほどなど、いとあはれにこそはべれ。『明石《あかし》』は、浦より浦に浦伝ひたまふほど。また、浦を離れて京へおもむきたまふほど。

都出でし春のなげきにおとらめや年経《ふ》る浦を別れぬる秋

などあるほどに、都を出でたまひしは、いかにもかくてやむべきことならねば、またたち帰るべきものとおぼされけむに、多くは慰みたまひけむ、この浦は、または何しにかはと、限りにおぼしとぢめけむほど、ものごとに目とまりたまひけむ、ことわりなりかし。『蓬生《よもぎふ》』、いと艶《えん》ある巻にてはべる。『朝顔』、紫《むらさき》の上《うへ》のもの思へるがいとほしきなり。十七の並びの中に、『初音《はつね》』『胡蝶《こてふ》』などは、おもしろくめでたし。『野分《のわき》』の朝《あした》こそ、さまざま見どころありて、艶にをかしきこと多かれ。『藤裏葉《ふぢのうらば》』、いと心ゆき、うれしき巻なり。『若菜《わかな》』の上、下、ともにうるさきことどもあれど、いと多くて、見どころある巻なり。『柏木《かしはぎ》』の右衛門督《ゑもんのかみ》の失《う》せ、いとあはれなり。『御法《みのり》』『幻《まぼろし》』、いとあはれなることばかりなり。宇治《うぢ》のゆかりは、『こじま』に様《やう》変はりて、言葉《ことば》遣《づか》ひも何事もあれど、姉宮の失《う》せをはじめ、中の君など、いといとほし」など、口々に言へば、この若き人、「めでたき女は誰々《たれたれ》かはべる」と言へば、「桐壺《きりつぼ》の更衣《かうい》、藤壺《ふぢつぼ》の宮。葵《あふひ》の上の我から心用《こころもち》ゐ。紫の上さらなり。明石《あかし》も心にくいみじ」と言ふなり。

宝物集《ほうぶつしゅう》

平康頼

平安時代末期・鎌倉時代前期の武将・歌人。生没年未詳。後白河法皇に師事し、『梁塵秘抄』に纏められる今様(当時の流行歌)に熱中した。

平安末期に編まれた仏教説話集。編者の平康頼《たいらのやすより》は平家打倒の鹿ケ谷《ししがたに》の謀議に加わった科《とが》で、平清盛により俊寛や藤原成経《なりつね》とともに薩摩《さつま》国鬼界ケ島に流されたが、翌年許され帰京した。『宝物集《ほうぶつしゅう》』はその後に著されたものである。

掲載箇所は「源氏供養」に関わる一節。紫式部は虚言《そらごと》をもって『源氏物語』を書いた狂言綺語《きぎょ》(妄言や嘘で人を誑《たぶら》かすこと)の罪によって地獄に落ち、忍び難い苦患《くげん》を受けている様子が、ある人の夢に見えたという。そこで歌詠み達が集まって、「一日経」(法華経などの経文を手分けして一日で書写すること)を書いて供養したことがあったという。「源氏供養」の存在を示す初期の証言で、『源氏物語』と「供養」の語がともに記されている。

このように、『源氏物語』や紫式部は千年の間、賞賛ばかりを浴びてきたわけではない。ここでは仏教との関わりで堕獄説が紹介されている。夢を介して紫式部の苦患を知るのは後出の『今物語』（四六頁）とも通じるが、供養の方法が『今物語』では一日経でなく和歌となっている点に違いが見られる。ただし、一日経の書写者が「歌よみども」となっているのは通底するものがあるのかもしれない。

紫式部の記事に続いては、例外として罪に当たらない虚言について述べられる。たとえば、狩人が鹿を追って見失い行方を尋ねた際に、あの叢《くさむら》の中に隠れていると知りながら知らないと答えることは虚言にはあたらず仏もお許しになるという。そのほかの虚言はよくよく慎むべきであるとの注意がある。

◇　◇　◇

ちかくは、紫式部が虚言《そらごと》をもつて源氏物語をつくりたる罪によりて、地獄におちて苦患《くげん》しのびがたきよし、人の夢にみえたりけりとて、歌よみどものよりあひて、一日経《いちにちきやう》かきて、供養《くやう》しけるは、おぼえ給ふらんものを。

ただし、たとへば、狩人《かりうど》の鹿《しか》をおひうしなひて、「是より鹿やゆきつる」とはんに、あの草の中にありとはしれ共《ども》、しらずといはんは、虚言にあるべからず。仏ゆるし給ふなり。すべてかやうなる虚言は、とがに成《なる》べからず。この外の虚言は、よくよくつつしみ給ふべし。

このゆゑに、仏無虚妄《ほとけはむこまう》といひ、綸言《りんげん》汗のごとし、天子《てんし》は二言《ごん》なしなどは申《まうし》たるなり。これをもつて五戒《ごかい》の大意《たいい》とす。

六百番《ろっぴゃくばん》 歌合《うたあわせ》

藤原良経 主催

平安時代末期・鎌倉時代前期の歌人。一一六九―一二〇六年。『新古今和歌集』の仮名序を記したことで知られる。『百人一首』のきりぎりすの歌が有名。

藤原良経《よしつね》主催の歌合《うたあわせ》。建久四（一一九三）年成立。歌合では左右に分かれて一首ずつ和歌を披露し、判者によって勝敗が下され判詞《はんし》（講評）が述べられる。九世紀末から文学的遊戯かつ時に宮廷の晴儀として長く明治期まで続いた。歌合の最も古い記録は、仁和元（八八五）―三年の『民部卿家歌合』である。著名な歌合に、この『六百番歌合』のほか、寛平元（八八九）―五年の『寛平御時后宮歌合』や後鳥羽上皇による建仁三（一二〇三）年の『千五百番歌合』などがある。

『六百番歌合』の判者は藤原俊成《しゅんぜい》（一一一四—一二〇四）で、掲載箇所の十三番は左が勝ちとなるが、その判詞の中に『源氏物語』受容史上、著名な言葉が発せられる。なお、藤原俊成は七番目の勅撰《ちょくせん》和歌集『千載和歌集』を編んだ歌人。藤原定家（一一六二—一二四一）の父。

判詞で問題になったのは左方の歌の「草の原」である。墓所に用いる語でもあるからだろうが、右方が「聞きよからず」と難じたのに対し、判者俊成は「何に残さん草の原」と詠んだところが優艶だと褒める。『源氏物語』花宴《はなのえん》巻は殊に優美だとした上で、「源氏見ざる歌詠みは遺恨の事なり」と言う。『源氏物語』を見ない歌人は遺憾なことだというのである。

判詞には直接の引用はないが、花宴巻には「憂き身世にやがて消えなば尋ねても草の原をば問はじとや思ふ」という朧月夜《おぼろづきよ》の歌があって、左方の歌はこれに拠《よ》っている。その関係を考慮せずに「草の原」を評したために「源氏」や「遺恨」の語が出たのであって、「源氏見ざる歌詠みは遺恨の事なり」のみを標語的に切り取るのは前後の文脈を損なうおそれがあるので注意が必要である。

◇◇◇

十三番　枯野

左　勝　　　　　　　　　　女　房

見し秋を何に残さん草の原ひとつに変る野辺《のべ》のけしきに

右　　　　　　　　　　　　隆信朝臣《たかのぶあそん》

霜枯《しもがれ》の野辺のあはれを見ぬ人や秋の色には心とめけむ

右方方申云《まうしていはく》、「草の原」、聞きよからず。左方申云、右の歌、古めかし。

判伝《はんじていはく》、左、「何に残さん草の原」といへる、艶にこそ侍《はべ》めれ。右の方人、「草の原」、難申《なんじまうす》之条、尤《もつとも》うたたあるにや。紫式部、歌詠みの程よりも物書く筆は殊勝なり。其の上、花の宴の巻は、殊に艶なる物なり。源氏見ざる歌詠《よ》みは遺恨の事なり。右、心詞《こころことば》、悪《あ》しくは見えざるにや。但《ただし》、常の体なるべし。左の歌、宜《よろしく》、勝《かつ》と申べし。

源氏物語表白《ひょうびゃく》

安居院聖覚

平安時代末期・鎌倉時代前期の僧。一一六七―一二三五年。比叡山の静厳に学ぶも、のち法然に師事し浄土教を広めた。『唯信鈔』『黒谷源空上人伝』など。

安居院《あぐい》聖覚《せいかく》による仮名書の表白。表白とは法会《ほうえ》（仏法を説いたり供養を行うための集会）のはじめに読み上げる趣旨文。引用は『湖月抄』（延宝元（一六七三）年跋《ばつ》刊）所載の表白による。『源氏物語』の巻名を読み込みつつ、仏法を説く。
本書でも紹介する『今物語』や『宝物集』は紫式部が狂言綺語《きぎょ》の罪で地獄に落ちたことを語るが、この表白の末文にも「狂言綺語《きぎょ》のあやまりをひるがへして、紫式部が六趣苦患《ろくしゅくげん》をすくひ給へ」とある。なお、湯浅《ゆあさ》幸代氏が『源氏物語と仏教――仏典・故事・儀礼』（青簡社、二〇〇九年）所収の表白の解題で「逆

に狂言綺語と仏道とを積極的に結びつける」と指摘するように、この表白ではむしろ『源氏物語』の進行に寄り添う形で仏教のことが語られてゆく点が注目される。

表白が法会の趣旨を参列者に知らせる意味を持つことを考えれば、これも「源氏供養」の一つとして位置づけられよう。また、それが全六十冊から成る『湖月抄』に含まれる（物語部分は五十五冊で、首巻として表白・発端・系図・年立（二冊）がある）ということは、『湖月抄』ではこれから『源氏物語』に臨む読者が法会の参列者に見立てられているとも言えるのではないか。

表現にも工夫が凝らされ、物語序盤の巻名を詠み込んだ「桐壺《きりつぼ》の夕《ゆうべ》の煙」、「帚木《ははきぎ》の夜の言の葉」、「空蟬《うつせみ》のむなしき世」、「夕顔の露の命」などの表現からは、それぞれ巻名が語句として含まれるだけでなく、それぞれ桐壺更衣の死、雨夜の品定、空蟬との恋、夕顔の怪死といった物語の出来事を想起させる。また、「たまたま仏教にあふひなり」のように、「逢《あ》ふ日」の中に巻名の「葵《あおい》」を響かせるといった例もある。「鈴虫の声振り捨て難く」は鈴虫巻の「大方の秋をば憂しと知りにしを振り捨て難き鈴虫の声」という歌に基づいており、引歌のような形で物語を取り込む箇所も見られる。

以下、原文中に出てくる巻名を太字ゴシック体で示した。この表白には少女巻の異名「日かげ」、橋姫巻の異名「うばそく」（優婆塞）が含まれることも興味深い。ゴシック体に含めた。「かほる大将」はそのままとしたが、古系図などに匂兵部卿巻の異名として「薫中将」が挙げられる。

◇◇◇

きりつぼのゆふべのけぶりすみやかに、法性《ほつしやう》の空にいたり、**はは木木**のよるのことの葉は、つゐに覚樹《かくしゆ》の花をひらかん。**空蝉**《うつせみ》のむなしき世をいとひて、**夕顔**の露の命を観じ、**わか紫**の雲のむかへをえて、**すゑ摘花**《つむはな》の台《うてな》に座せしめん。**紅葉の賀**の秋の夕《ゆふべ》には、落葉をのぞみて、有為《うゐ》をかなしび、**花のえん**の春のあしたには、飛花を観《くはん》じて無常をさとらん。たまたま仏教に**あふひ**なり。**さか木**葉のさして浄刹《じやうせつ》をねがふべし。**花散里**《はなちるさと》に心をとどむといへども、愛別離苦のことはりをまぬかるるためしなし。

ただすべからくは生死流浪の須磨《すま》の浦をいでて、四智円明《しちゑんみやう》のあかしのうらに身をつくし、関屋《せきや》の行《ゆき》あふみちをのがれて、般若《はんにや》のきよきみぎりにおもむき、蓬生《よもぎふ》の草むらをわけて、菩提《ぼだい》のまことの道を尋ねん。なんぞ、弥陀《みだ》の尊容をうつして、絵合にして松風に業障の薄雲《うすぐも》をはらはざらん生老病死の身、朝がほの日かげをまたん程也《なり》。老少不定のさかひ、をとめごが玉かづらかけても猶《なほ》たのみがたし。谷うち出《いづ》る鶯《うぐひす》の初音《はつね》もなにかめづらしからん。鳧《ふ》雁鴛鴦《がんゑんあう》のさへづりにはしかじ。まがきにたはるる胡蝶《こてふ》のただしばらくのたのしびなり。天人聖衆《てんにんしやうじゆ》の遊びを思ひやれ。沢の蛍のくゆるおもひ、とこなつなりといへども、たちまちに智恵《ちゑ》のかがり火に、ひきかへて、のわきの風にきゆる事なく、如来覚王の御幸《みゆき》に伴ひて、慈悲忍辱《にんにく》のふぢばかまを着、上品蓮台《じやうぼんれんだい》に心をかけて、七宝さうごんの真木柱《まきばしら》のもとにいたらん。梅がえのにほひに、心をとどむることなくて、浄土の藤のうら葉をもてあそぶべし。

かの仙洞千年の給仕には、わかなをつみて世尊に供養せしかば、成仏得道の因となりき。夏衣たちゐにいかにしてか、一枝のかしは木をひろひて、妙法の薪《たきぎ》となして無始曠劫《むしくわうごふ》の罪をほろぼし、本有常住の風光をかがやかして、聖衆音楽の横笛をきかん。うらめしきかなや、仏法の世に生れながら、家をいで、名をすつるみぎりには、鈴虫の声ふりすてがたく、道に入《いり》かざりをおろすところには、夕霧のむせびはれがたし。かなしきかなや、人間に生をうけながら、御《み》法《のり》の道をしらずして、苦海にしづみ、まぼろしの世をいとはずして、世路《せいろ》をいとなまん事。しかじ、ただかほる大将の香をあらためて、青蓮《しやうれん》の花ぶさにおもひをそめ、匂兵部卿《にほふひやうぶきやう》のにほひをひるがへしては、香の煙のよそほひとなし、竹川の水をむすびては、煩悩の身をすすぎ、紅梅の色をうつして愛着の心をうしなふべし。まつよひの更《ふく》るをなげきけん、宇治の橋姫にいたるまで、うばそくがおこなふ道をしるべにて、しゐがもとにとどまる事なかれ。北邙《ほくばう》の野べのあは雪ときえん夕には、解脱《げだつ》のあげまきをむすび、東岱《とうたい》の山のさわらびのけぶりとのぼらん。あしたにはせんだんのかげに、やどり木とならん。つかさくらゐを、あづまやのうちにのがれて、たのしみさかへを浮舟にたとふべし。これもかげろふの身なり。あるかなきかのてならひにも、往生極楽の文をかくべし。

夢の浮はしの世なり。朝なゆふなに来迎引接《らいがういんぜふ》をねがひ、南無《なも》西方《さいほう》極楽弥陀善逝《ぜんせい》、ねがはくは、狂言綺語《きぎよ》のあやまりをひるがへして、紫式部が六趣《ろくしゆく》苦患《げん》をすくひ給へ、南無《なも》当来導師《たうらいだうし》弥勒《みろく》慈尊《じそん》かならず転法輪《てんぼふりん》の縁として、是《これ》をもてあそばん人を安養浄刹《あんやうじやうせつ》にむかへ給へとなり。

藤原信実

鎌倉時代前期の歌人・画家。一一七七—一二六五年頃。画業としては肖像画を得意とし、「中殿御会図巻」「後鳥羽院像」などを描いた。

今物語《いまものがたり》

鎌倉時代成立の説話集。藤原信実《のぶざね》編とされる。掲載箇所は「源氏供養」について述べた一節。

ある人の夢に、正体のない影のような姿が見えて問いかけると、自分は紫式部だと答える。『源氏物語』で虚言を多く書いて人心を惑わしたために、地獄に落ちて苦を受けているのが耐えがたいと訴える。『源氏物語』の巻名を詠み込み、南無阿弥陀仏《なむあみだぶつ》と唱える和歌を巻ごとに詠ませて、自らの苦しみを弔うよう頼む。どのように詠めばよいか尋ねたところ、式部は「きりつぼに……」の歌を示す。歌意は「桐壺《きりつぼ》巻を書いて地獄に迷う闇も晴れるばかりに、南無阿弥陀仏の名号《みようごう》を常に唱えて下さい」というもの。紫式部の立場になぞらえて詠まれている。

先に『宝物集』の紹介でも触れたが、紫式部が物語執筆による狂言綺語《きぎよ》の罪で地獄に落ちたとする言説はその供養の話と共に「源氏供養」として中世に流布した。《源氏供養》という曲名の能もある。石山寺を訪れた安居院《あぐい》法印の前に紫式部の霊が現れて『源氏物語』執筆の業《ごう》による苦しみを訴え、法印に供養を依頼する。これは『源氏物語』が忌避されたというよりはむしろ、当時の読者にもたらす影響がすでにそれだけ大きくなっていたことを示すものだろう。

◇◇◇

ある人の夢に、その正体《しやうたい》もなきもの、影のやうなるが見えけるを、「あれは何人《なにひと》ぞ」と尋ねければ、「紫式部なり。そらことをのみ多くし集めて、人の心をまどはすゆゑに、地獄におちて、苦を受くる事、いとたへがたし。源氏の物語の名を具して、なもあみだ仏といふ歌を、巻《まき》ごとに人々に詠ませて、我が苦しみをとぶらひ給へ」と言ひければ、「いかやうに詠むべきにか」と尋ねけるに、

きりつぼに迷はん闇も晴るばかりなもあみだ仏と常にいはなん

とぞ言ひける。

河海抄《かかいしょう》

四辻善成

南北朝時代の学者・歌人。一三二六―一四〇二年。先人たちの『源氏物語』研究の成果を集大成した解釈書『河海抄』全二十巻を著した。

南北朝時代に成立した、四辻善成《よつつじよしなり》による『源氏物語』の注釈書。その冒頭「料簡《りょうけん》」（考察、思案）の一節。作者表記には「正六位上物語博士源惟良撰」とあるが、「物語博士」は実在せず、源惟良の「惟」は光源氏の随身「惟光《これみつ》」、「良」は「良清」から採った架空の名前と思われる。

掲載箇所は『源氏物語』の執筆背景について記したものである。大斎院選子内親王から上東門院彰子（一条天皇の中宮で、父は藤原道長）に珍しい草子はないかとの下問があり、『うつほ物語』や『竹取物語』といった古物語は目馴《めな》れてしまったので、紫式部に新しい物語を書くよう命じられたという。式部は石山寺（滋賀県大津市）に参籠《さんろう》し物語執筆のことを祈願する。折しも八月十五夜の月が湖水に映るのを見て、式部は物語の風情が浮かび、仏前にあった大般若《だいはんにゃ》経を写すための料紙を本尊にもらいうけて須磨《すま》巻・明石《あかし》巻から書き始めたというのである。

須磨巻には源氏が「今宵《こよい》は十五夜なりけり」と月を眺める場面がある。『源氏物語』誕生の瞬間を劇的に描いたこのような記述は後世の創作とされる伝承だが、まさにこの伝承にちなんだ書名をもつ江戸時代の『湖月抄』など、『河海抄』のほかにも多くの文献に受け継がれている。

石山寺を訪れると「紫式部 源氏の間」があって、外を向いて物語を執筆する紫式部像が置かれる。ただし、今の石山寺からは琵琶《びわ》湖を見ることはできない。

五十四帖が完成し権大納言藤原行成（三蹟《さんせき》の一人）に清書させて斎院に進上したところ、法成寺入道藤原道長が奥書を加え、「この物語は世間ではみな紫式部の作とのみ思っているが、老比丘《びく》（自分）が加筆しているのだ」と記したとする。ただし、そのような奥書を持つ伝本は現存しない。その他、『源氏物語』の趣が荘子の寓言《ぐうげん》と同じであるとの指摘や、紫式部の号の由来などが紹介される。「水鏡云く」として、紫式部が『源氏物語』を作り出したのは「凡夫の所行とはおぼえ侍らず」という。先に紹介した『無名草子』（二八頁）にも類する表現が見られた。この物語の登場人物のふるまいを見ると、身分の高下につけて、また男女それぞれにつけて、人の心を悟らせるものがあり、物事の趣を教えてくれると評する。

◇◇◇

料簡《りようけん》

此《この》物語のおこりに説々ありといへども、西宮左大臣安和《あんわ》二年、大宰権帥《だざいのごんのそち》に左遷せられ給ひしかば、藤式部おさなくより馴《な》れたてまつりて思ひなげきけるころ、大斎院《おほさいゐん》〔選子《せんし》内親王村上女十宮《をんなじふのみや》〕より上東門院へ、「めづらかなる草子や侍《はべ》る」と尋ね申させ給ひけるに、『うつほ』『竹とり』やうの古物語は目馴れたれば新しく作り出だしてたてまつるべきよし、式部におほせられければ、石山寺に通夜してこの事を祈り申しけるに、折しも八月十五夜の月湖水に映りて、心の澄みわたるままに物語の風情空にうかびけるを、忘れぬさきにとて、仏前にありける大般若《だいはんにゃ》の料紙を本尊に申しうけて、まづ須磨・明石の両巻を書き始めけり。これによりて、須磨の巻に「今宵は十五夜なりけり、とおぼしいでて」とは侍るとかや。後に罪障懺悔《ざいしやうさんげ》のために般若一部六百巻をみづから書きて奉納しける。今にかの寺にありと云々《うんぬん》。

光源氏を左大臣になぞらへ、紫上を式部が身によそへて、周公旦《しうこうたん》白居易のいにしへを考へ、在納言《ざいなごん》菅丞相《くわんしようじやう》のためしをひきて書き出だしけるなるべし。其《その》後、次第に書きくはへて五十四帖《でふ》になしてたてまつりしを、権大納言行成に清書せさせられて斎院へまゐらせられけるに、法成寺《ほふじやうじ》入道関白奥書を加へられて曰《いは》く、この物語、世みな式部が作とのみ思へり。老比丘《びく》筆を加ふるところなりと云々。誠に君臣の交わり、仁義の道、好色の媒《なかだち》、菩提《ぼだい》の縁にいたるまで、これを載せずといふことなし。その趣、荘子の寓言《ぐうげん》に同じき物か。詞の妖艶《ようえん》、さらに比類なし。

一部のうちに紫上の事をすぐれて書き出でたるゆへに、藤式部の名をあらためて紫式部と号せられけり。或説《ある》云く、「一条院の御乳母子《めのとご》の子なり。上東門院へまゐらせらるるとて我がゆかりの物なり。哀と思しめせ」と申させ給ひけるゆへによりてこの名あり。武蔵野の義也《なり》ともいへり。〔一説に云く、藤式部の名、幽玄ナラズトテ、後ニ藤ノ花ノ色ノユカリニ紫ノ字ニアラタメラルルト云々。〕或いは又、作者観音の化身なりと云々。水鏡云く、紫式部が源氏物語つくり出だして侍るは、さらに凡夫の所行とはおぼえ侍らず。時の人云く、日本紀を初めとして諸家の日記にいたるまであきらかにさとりもちて、日本紀の局《つぼね》と号し侍りけりとあり。凡《およ》そこの物語の中の人のふるまひをみるに、高き卑しきにしたがひ、男女につけても人の心をさとらしめ、事の趣を教へずといふことなし。

本阿弥《ほんあみ》 行状記《ぎょうじょうき》

本阿弥光甫

江戸時代前期の芸術家。一六〇一―八二年。茶の湯、陶芸、絵画など、祖父の本阿弥光悦（一五五八―一六三七）の影響を受けて多彩な芸術活動を行った。

江戸時代初期の芸術家本阿弥《ほんあみ》光悦《こうえつ》と周辺人物の逸話を集めた書物。上巻は孫の光甫《こうほ》がまとめたとされる。掲出箇所は室町幕府の幕臣から戦国大名となり、歌人でもあった細川幽斎（玄旨、一五三四―一六一〇）の言葉を記録したもの。幽斎をめぐっては古今伝授に関する逸話が残る。関ケ原の戦いの折に東軍についた幽斎は居城田辺城を西軍に攻められたが、古今伝授が途絶えるのを案じた後陽成天皇の勅命によって包囲が解かれた。古典に関する著作には『伊勢物語闕疑抄《けつぎしょう》』などがある。なお、幽斎を祖とする肥後熊本藩細川家旧蔵の古典籍は

永青文庫として今に伝わる。

　幽斎の扈従《こしょう》（従者）宮木善左衛門孝庸が世間の便《たより》になる書物は何を第一とすべきか尋ねたところ、幽斎は『源氏物語』と答えたという。また、「歌学の博覧第一の物」を尋ねたところ、同じく『源氏物語』との答えだった。

　後者については『源氏物語』を百遍つぶさに見た者は「歌学成就」する由も語っていて『六百番歌合』（三六頁）の判詞を思わせるところもあるが、「世間の便」にもなるとの認識が示されている点は面白く、筆録者は「何もかも源氏にて済ぬる事と承りぬ」と述べている。

　この話が収録されるのは下巻の最終条である。中巻以降は上巻の附録と位置づけられ、記事の配列も雑然としていて筆録者も定かでないが、『源氏物語』の教養としての汎用《はんよう》性を強調する興味深い記事である。

◇◇◇

源氏は和国の奇筆也《なり》。細川玄旨《げんし》法印の扈従《こしよう》に、宮木善左衛門孝庸といひし武士、因州の牧に仕へ給ふ。余若年の時より随《したが》ひて、委曲に伝授して承り終りぬ。かたの如く口決《くけつ》共有。

或時《あるとき》に孝庸、玄旨法印に、世間の便になる書は、何をか第一と仕べきと尋させければ、源氏物語と答へ給ひし。又歌学の博覧第一の物はと問給へば、同じく源氏と答させ給ふとぞ。何もかも源氏にて済ぬる事と承りぬ。源氏を百へんつぶさに見たるものは、歌学成就のよしの給ふとぞ、孝庸は語り給ふ。

鳩巣《きゅうそう》小説

室　鳩　巣

江戸時代中期の儒学者・朱子学者。一六五八―一七三四年。八代将軍徳川吉宗に信任されて『六諭衍義』の和訳を命ぜられ、『六諭衍義大意』を著した。

享保期の朱子学者室鳩巣《むろきゅうそう》によって編まれた説話集。鳩巣が書簡に記した内容を中心に編集したものとされ、写本で伝わった。

冒頭の「同帝」は前の文脈から江戸時代前期の後光明天皇（一六三三―五四）を指す。儒学を好んだ天皇は『源氏物語』嫌いの天皇として知られ、掲出箇所において「吾国《わが》朝庭の衰微致し候は、和歌の発興と源氏物語の行はれ候との二つより起り候」と厳しく批判する。それを「常々仰《おほせ》られ」ていたというから、余程強い信条だったのだろう。『源氏物語』は「淫乱《いんらん》の書に相極る」と断じる。

「菊亭殿」（今出川経季《つねすえ》か）が『源氏物語』の絵を蒔絵《まきえ》にした手箱を献上した際には、「朕《ちん》が悪《にく》む処の源氏の画」と大いに機嫌を損じ、返却したという。和歌も嫌って詠まなかった後光明天皇だが、名匠でもある父後水尾《ごみずのお》上皇から酒宴の席で心得としての和歌の必要性を再三説かれた。天皇は和歌百首の題を奉るよう命じ、その夜は寝ずに題に沿って百首の歌を詠み終え、上皇も感心したとの逸話が記されている。学問を好んだ後光明天皇は二十二歳の若さで崩御した。

◇◇◇

一　同帝常々仰《おほせ》られ候《さうらふ》は、吾《わが》国朝庭《てうてい》の衰微致し候は、和歌の発興《はつかう》と源氏物語の行はれ候との二つより起《おこ》り候。中古以上の天子または大臣の内にも天下を治め礼楽に志有の衆に誰《たれ》か歌を数寄《すき》申す人之《これ》有りや。況《いはん》や源氏は淫乱の書に相極る旨仰せられ候て、一向歌は読ませられず候。源氏・伊勢物語の類は御《お》目通《めとほし》へも出で申さず候。或時《あるとき》、菊亭殿関東より帰京の節、御冠棚《おかんむりだな》献上之《これ》有り候。その砌《みぎり》、源氏物語の内の画を蒔絵《まきえ》に仕《つかまつ》り候御手箱を差しそへ候て上られ候処《ところ》、大いに御気色《けしき》を損ぜられ候て、朕《ちん》が悪《にく》む処の源氏の画を書き候こと御満足に思し召されざるの由、かへし下され候。菊亭殿、一生迷惑に存ぜられ候よし。或時、後水尾上皇へ朝観の行幸之有り候。御酒宴の上、上皇仰られ候は、和国の風俗をも御失ひ之無き様に御心得なされ、和歌をも御翫《もてあそび》然るべき旨宣旨の処、例の通中興以上の天子大臣等天下国家に志之有り候ては、うたを詠み候は、まれに候由、勅答之有り候。上皇は近代の和歌の御名匠故、再三仰られ候て後は御座席不興にまかり成、還幸遊ばされ候。偖《さて》、夜の御殿へ入らせられ候時分、当番の誰か有る百首の歌の題奉れと仰せ出でられ候折節、冷泉家の衆、当番にて和歌百首題択《えら》び出し候て、上られ候。其夜、御寝《ぎょしん》遊ばされず、翌朝までに百首残らず御詠じ遊ばされ、蔵人を以て仙洞へ上られ、未だ御寝之有るべからざる条、御近習人へわたし候て、夜前、ケ《か》様に仕り候赴、申し上ぐべき旨仰せ出され候。上皇御覧なされ、ケ様に之有りとは思し召されざるよし仰られ候て、御気色の由に候。

本朝《ほんちょう》列女伝《れつじょでん》

黒沢弘忠

江戸時代前・中期の国学者。一六五九—一七一六年。水戸の徳川光圀公の招聘により、『大日本史』や『礼儀類典』などの編纂に携わった。

寛文八（一六六八）年刊。著者の黒沢弘忠は近世の儒学者。紫式部の評伝を漢文で記したもの。紫式部が「本朝」の「列女」（『日本国語大辞典』第二版によれば、「節操を堅く守り、気性が激しい女。信義を堅く守る女。」）の一人に数えられている。

木版の挿絵（六五頁）には一箇所、間違い探しに出てきそうな誤りがある。『枕草子』本文との関連では香炉峰の故事にちなんで御簾《みす》を巻き上げるか、あるいは撥《は》ね上げるかといった解釈も問題になるのだが、もっと根本的な間違いがある。すなわち、今『枕草子』と記したように、これは正しくは清少納言の逸話であって、図上に注記されるような紫式部のものではない。

文章にも同じ問題があって、紫式部の事績となっているほか、そうなると「香炉峰の雪いかならむ」（香炉峰（中国の廬山《ろざん》の北峰。白楽天の詩に詠まれる）の雪はどうであろう）と問いかけたのが中宮定子では当然具合が悪いため、ここも一条天皇に書き換えられているのである。『源氏物語』受容史にはこうした一コマもある。誤解にしては手が込んでいるように思えるが、『紫式部日記』の「新楽府《しんがふ》」（『白氏文集《はくしもんじゅう》』）進講《しんこう》（中宮彰子への講義）記事の影響もあろうか。

このような誤解もしくは変更は他の漢学者の文章にも見られ、林羅山も紫式部の話と理解していた可能性があることを大庭卓也《おおば》「漢学者の歴史叙述として の隠逸伝集に関する一試論」（『江戸文学』四十一、二〇〇九年十一月）が指摘している。

◇　◇　◇

紫式部　附大弐三位

紫式部者《ハ》、越前守《ノ》為時《カ》女。母《ハ》常陸《ノ》介藤原《ノ》為信《カ》女。一条《ノ》帝《ノ》乳母。左衛門《ノ》佐宣《ノフ》孝《タカカ》、孺人、上東門院《ノ》之侍女《ニシテ》、而閨閤《ノ》之才人也。嘗《テ》撰《ス》二源氏物語《ヲ》一。物語《ノ》之中。記《コトノ》二紫上《ノ》事《ヲ》一。筆力絶妙《ナリ》也。或《ハ》曰、以《テノ》二藤花紫《ノ》縁《ユカリヲ》一之故《ニ》、賜《フ》二名号《ヲ》紫《ト》一。以《テ》レ仮《ヲ》為《ノ》レ真《ト》之寓言、筆端鼓舞《ノ》之妙、我《カ》国字粧撰《ノ》之最《モ》好《キ》者也。兼《テ》通《ス》二仏理《ニ》一。世伝《フ》、帝雪後《ニ》望《ム》レ山《ヲ》。式部侍《リ》二玉扆《イニ》一。帝謂《テ》曰、香炉峰《ノ》雪如何。式部徐《ロニ》起《テ》、而前《ンデ》捲《ク》二御簾《ヲ》一。帝有《リ》二愉《ヘル》色一。此《レ》嘉《ヨミス》下記《シテ》二香炉峰《ノ》雪《ハ》撥《テ》レ簾《ヲ》看《ルト云ニ》之句《ヲ》一、而忽《チ》悟《ルコトヲ》中其《ノ》意《ヲ》上也。有《レ》女曰《フ》二大弐三位《ノ》弁局《ト》一。後一条《ノ》帝之乳母也。又善《ス》二倭歌《ヲ》一。且《ツ》撰《ス》二狭衣《ヲ》一。

頌曰

式部《ト》三位《ト》　親親《タリ》子子《タリ》　力在《テ》二狭衣《ニ》一　才《ハ》顕《ハス》二源氏《ニ》一
世人穿《チ》レ硯《ヲ》　天下貴《ブ》レ紙《ヲ》　千歳名在《アリ》　豈謂《ンヤ》其《レ》死《セリト》

紫式部　附大弐三位

紫式部は、越前の守為時が女《むすめ》。母は常陸の介藤原の為信が女。一条の帝の乳母。左衛門の佐宣孝《のぶたか》が孺人《じゆじん》、上東門院の侍女にして、閨閤《けいかふ》の才人なり。嘗て源氏物語を撰す。物語の中、紫の上の事を記すこと、筆力絶妙なり。或は曰く、藤花紫の縁《ゆかり》を以ての故に、名号を紫と賜ふ。仮を以て真と為すの寓言、筆端鼓舞の妙、我が国字粧撰の最も好《よ》き者なり。兼て仏理に通ず。

世に伝ふ、帝雪後に山を望む。式部玉扆《ぎよくい》に侍り。帝謂て曰く、「香炉峰の雪は如何」。式部徐《おもむ》ろに起《たち》て、前《すす》んで御簾を捲く。帝愉《よろこ》べる色有り。此れ、「香炉峰の雪は簾《すだれ》を撥《かかげ》て看る」と云ふの句を記して忽《たちま》ち其の意を悟ることを嘉《よみ》すなり。

女有り、大弐三位弁の局と曰ふ。後一条帝の乳母なり。又倭歌《わか》を善くす。且つ狭衣を撰す。

頌に曰く、

『本朝列女伝』巻三（東京大学駒場図書館一高文庫蔵）

式部と三位と、親親たり、子子たり。
力は狭衣に在て、才は源氏に顕はす。
世人硯を穿ち、天下紙を貴ぶ。
千歳の名在り、豈に謂はんや其れ死せりと。

（原漢文）

紫家七論《しかしちろん》

安藤為章

江戸時代前期の儒学者。一六六二―一七一八年。林羅山に儒家神道を学び、神道との融合をめざす神儒一致思想を説いた。著作に『懐橘談』など。

『紫女七論』とも。国学者安藤為章《ためあきら》による紫式部論。元禄十六（一七〇三）年成立。

「七論」のうち「其一　才徳兼備」では、『源氏物語』を論じる人はただ紫式部の英才をのみ賞賛してその実徳のことを言わない」と指摘し、為章は『源氏物語』と『紫式部日記』の読解を通して紫式部は「才徳兼備の賢婦なり」と主張する。

掲出箇所は「其五　作者本意」の全部。「此物語、専《もっぱ》ら人情世態を述《のべ》て」との書き出しは、後代の坪内逍遥《しようよう》『小説神髄』（一八八五―八六年）の「小説の主脳は人情なり、世態風俗これに次ぐ」を思わせる。

『源氏物語』のおおむねは婦人のための諷諭《ふうゆ》が多いが、男にとっての戒めとなることも多いという。桐壺《きりつぼ》帝の桐壺更衣への寵愛《ちようあい》が過ぎて天下の悩み草となったことは、「帝徳のはづかしき御事にして、後代の帝を諷諭し奉るにあらずや」（帝の徳において恥ずかしい事であり、この事例を教訓として後代の帝を戒め奉っているのではないか）とする。さらに、『源氏物語』中最大の秘事と言える藤壺との密通についても、「中にも藤壺を源氏の犯して、御子産《うみ》給ふに、御位につけ奉りて、則ち源氏執政し給ふは、まことに公家《くげ》の御鑑《おんかがみ》にして、国相已下の身をひやすべき事なり」（物語中でも特に、帝妃かつ継母の藤壺と源氏が密通して皇子が生まれ、即位して（冷泉帝）源氏が政を行うという内容は、公家の教訓の手本であって、大臣以下、きっと肝を冷やすはずの事である）と皮肉を込めて評している。

「諷諫」や「御鑑」としての『源氏物語』理解として代表的なものと言えよう。後半では「みな其《その》世にありし人のうへを述て、勧善懲悪をふくみたり。此本意を知らずして、誨淫《かいいん》の書とみるともがらは、無下《むげ》の事なり」（すべて作者紫式部と同時代に実在した人の身の上を例に述べて、勧善懲悪の意を含めているのである。作者のこの本意を知らずに、『源氏物語』を誨淫の書と見る朋輩《ほうばい》は、全く言いようもない事だ）とも述べており、『源氏物語』を「誨淫の書」と見る立場への反論ともなっている。

◇　◇　◇

其五　作者本意

此《この》物語、専《もっぱ》ら人情世態を述《のべ》て、上中下の風儀用意をしめし、事を好色によせて、美刺《びし》を詞《ことば》にあらはさず、見る人をして善悪《よしあし》を定めしむ。大旨は、婦人のために諷諭《ふうゆ》すといへども、おのづからをのこのいましめとなる事おほし。ひとつふたつを挙《あげ》て例せば、桐壺《きりつぼ》の帝の色を重んじて、更衣に寵遇《ちょうぐう》過ぎさせ給ひて、人のそしりをもえはばからせ給はず、世のためしにもなりぬべき御もてなしを、上達部《かんだちめ》うへ人よりはじめ、天《あめ》が下のもてなやみ草にならせ給ふは、帝徳のはづかしき御事にして、後代の帝を諷諭し奉るにあらずや。且《かつ》源氏の君を私物《わたくしもの》におもほして、御元服より已下、何事も東宮《とうぐう》におとらずもてなし給ひ、ようせずは儲君《もうけのきみ》をもとりかへさまほしう見えさせ給ふは、叡心《えいしん》のあさましきならずや。弘徽殿《こきでん》のおしたちかどかどしき所のものし給ひて、帝の御なげきを事にもあらずおぼしけちたるは、后妃の徳いづくにかおはします。ここもとをよみ給ふ女《にょ》御《うご》、后より以下、其風儀用意をかへり見給はずは、又あしき后のうたてき名をおひ給ふべし。次に帚木《ははきぎ》の巻《まき》の品定は、一篇の女戒《ぢょかい》なれば、女といふ女によみならはせたくこそ。又空蟬《うつせみ》に、軒端荻《のきばのおぎ》が囲碁の有様、閨中《けいちゅう》もぬけの衣と、いぎたなきと、教誡あらはなるものなり。其空蟬は無心にしてやみなんと思ひはてたる貞操、いみじき物にして、式部が志なり。又次に夕顔がもてならしたる扇にをかしうかきすさびたる歌は、すきずきしきとがや猶《なほ》おほかりぬべし。さるは、あまりやはらかにおほどきて、もの深くおもきかたのおくれたるより、はたして横ざまに身まかりぬ。是を聞く女はあだなる人にすかるる事をおもふべし。源氏のうかびたる心のすさびに、人はいたづらになし、我《わが》御身も堤にて馬より落ていみじく御心ちまどひたるは、貴公子の微行をいましむ。惟光《これみつ》がかかる道にゐて奉りたる罪は猶浅からず。近習《きんじゆ》たる人是をおもふべし。
是より以下巻々、みなこの眼をつけて読み侍《はべ》らば、其人の行跡心ばへ鏡にうつすごとく、よしあしのかくるる事なく、世のいましめとなりなん事、作者の本意にして、徒作《とさく》にはあらざるべし。中にも藤壺《ふぢつぼ》を源氏の犯して、御子産給《うみたまふ》ふに、御位につけ奉りて、則ち源氏執政し給ふは、まことに公家《くげ》の御鑑《おんかがみ》にして、国相已下の身をひやすべき事なりこれは猶この次に論ず。さりとて、昔物語なれば、いふもの罪を得ずして、国人おのづからかへりみることとなれば、諷諫にして、諺《ことわざ》にいはゆる、綿にて頭をしむるとかのたぐひなり。蛍の巻にいふ、其人のうへとて有のままにいひ出る事こそなけれ、善も悪も、世にふる人の有様の見るにもあかず、聞くにもあまる事を、後の世にもいひつたへさせまほしきふしぶしを、心にこめがたくて、いひ置はじめたるなり。云々
是古き草子の事を論ずる様にて、やがて、式部が意趣と見ゆれば、物語をす

べて作り事とのみもいふべからず。みな其世にありし人のうへを述て、勧善懲悪をふくみたり。此本意を知らずして、誨淫《くわいいん》の書とみるともがらは、無下の事なり。又詞花言葉をのみもてあそぶ人は、剣の利鈍をいはずして、ただ柄室《つかさや》の鋳《かざ》りを論ずるがごとし。凡《およそ》一部の詞花といひ、警戒といひ、華実兼ね備へたる歌書なれば、此道の全経《ぜんきやう》といふも、過称には侍らじ。

源氏物語玉の小櫛《おぐし》

本居宣長

江戸時代中期の国学者。一七三〇—一八〇一年。医業の傍ら私塾を開き、源氏物語などの古典を講釈した。『古事記伝』四十四巻を三十五年の歳月をかけて執筆。

江戸時代の国学者本居宣長《もとおりのりなが》による『源氏物語』の注釈書。寛政十一（一七九九）年刊。書名は冒頭の自作歌「そのかみの心尋ねて乱れたる筋とき分くる玉の小櫛《おぐし》ぞ」による。「そのかみ」（昔。「髪」と掛ける）の物語の複雑に入り乱れた筋を髪を梳《と》かす櫛のように解き分けるとの意である。

掲載箇所は一の巻の「おおむね」の一節で、「物のあはれ」について説く。「儒仏などの道」に照らせば、光源氏が空蟬《うつせみ》や朧月夜《おぼろづきよ》や藤壺《ふじつぼ》に心をかけて逢《あ》うことは「世に上もなき、いみじき不義悪行」である。

こうした情事をいわば反面教師のように見立てて注釈する立場も宣長以前には多かった。たとえば『玉の小櫛』の二十数年前の『湖月抄』においても、源氏が空蟬の寝所に忍び入る場面について、「女のふし所（寝所）の用心をいましめにかける也」といった教戒的な注釈が見られる。

宣長の見解は異なる。ここで有名な蓮《はす》の花のたとえが出てくる。「いみじき不義悪行」は蓮を育てる水が濁って汚いようなもので、「物語に不義なる恋」もその濁った泥（不義）を賞美するのではなくあくまでも「もののあはれの花」を咲かせるための肥やしだと宣長は言う。

光源氏のふるまいは、泥水から生い出た蓮の花が世にも美しく咲いたもので、その水が濁っていることは問わないという立場である。極楽浄土に咲くという蓮が儒仏批判の比喩《ひゆ》に用いられるのも面白いところだが、こうして宣長は『源氏物語』の新しい読みを提示することになった。

◇　◇　◇

　さて物語は、物のあはれをしるをむねとはしたるに、そのすぢにいたりては、儒仏の教へにはそむける事もおほきぞかし。そはまづ人の情《ココロ》の、物に感ずる事には、善悪邪正さまざまある中に、ことわりにたがへる事には、感ずまじきわざなれども、情《ココロ》は、我ながらわが心にもまかせぬことありて、おのづからしのびがたきふしありて、感ずることあるものなり。源氏の君のうへにていはば、空蟬の君朧月夜の君藤つぼの中宮などに心をかけて、逢《あ》ひ給へるは、儒仏などの道にていはむには、世に上もなき、いみじき不義悪行なれば、ほかにいかばかりのよき事あらむにても、よき人とはいひがたかるべきに、その不義悪行なるよしをば、さしもたてては言はずして、ただそのあひだの、もののあはれのふかきかたを、かへすがへす書きのべて、源氏の君をば、むねとよき人の本《ホン》として、よき事のかぎりを、この君の上にとり集めたる、これ物語の大むねにして、そのよきあしきは、儒仏などの書の善悪と、かはりあるけぢめなり。

　さりとて、かのたぐひの不義を、よしとするにはあらず。そのあしきことは、今さらいはでも著《しる》く、さるたぐひの罪を論ずることは、おのづからそのかたの書どもの、世にこころあれば、物どほき物語をまつべきにあらず、物語は、儒仏などのしたたかなる道のやうに、迷ひをはなれて、さとりに入るべき法《のり》にもあらず、又国をも家をも身をもをさむべき教へにもあらず、ただ世の中の物語なるがゆゑに、さるすぢの善悪の論はしばらくさしおきて、さしもかかはらず、ただもののあはれをしれるかたのよきを、とりたててよしとはしたるなり。

このこころばへを物にたとへていはば、蓮を植ゑてめでむとする人の、濁りてきたなくはあれども、泥水《ヒヂミヅ》を蓄ふるがごとし。物語に不義なる恋を書けるも、その濁れる泥をめでてにはあらず、もののあはれの花をさかせん料ぞかし。源氏の君のふるまひは、泥水よりおひ出でたる蓮の花の、世にめでたく咲きにほへるたぐひとして、その水のにごれることをばさしもいはず、ただなさけ深く、もののあはれを知れるかたを、とりたててよき人の本《ホン》にしたること、今いはむもさらなれど、猶《なほ》一つ二ついはば、須磨《すま》の巻《まき》に、かの浦へ下り給ふことを、世ゆすりてをしみ聞え、下にはおほやけをそしり奉る。明石《あかし》の巻に、そのとし、おほやけに物のさとししきりて、ものさわがしき事おほかり。

Ⅱ 近現代篇

後世への最大遺物

内村鑑三

明治時代から昭和時代前期の思想家・文学者。一八六一—一九三〇年。無教会主義を唱え、『余は如何にして基督信徒となりし乎』『代表的日本人』などを著した。

内村鑑三による講話。明治二十七（一八九四）年七月に箱根で開講された「キリスト教徒第六夏期学校」で行われたもの。

絵草紙屋へ行ってみるとわかるとして内村が紹介するのは、「赤く塗ってある御堂のなかに美しい女が机の前に坐《すわ》っておって、向うから月の上ってくるのを筆を翳《かざ》して眺めている」という絵である。これは石山寺にある「紫式部源氏の間」で、『河海抄』の説明でも触れた（五〇頁）。内村は、これが日本流の文学者だが、文学がこんなものであるならば後世への遺物でなくしてかえって後世への害物だという。続けて、『源氏物語』が日本の士気を鼓舞することのために何をしたか。何もしないばかりでなくわれわれを女らしき意気地なしになした。あのような文学はわれわれのなかから根コソギに絶やしたい（拍手）」とある。「拍手」も気になるところである。

ただし、その直後に「文学というものには一度も手をつけたことがないということを世界に向って誇りたい」とも述べていて、そもそも内村は『源氏物語』を本格的に読んだことはなかったのかもしれない。

◇◇◇

イギリスに今からして二百年前に瘦《や》せこけて丈《せい》の低いしじゅう病身な一人の学者がおった。それでこの人は世の中の人に知られないで、何も用のない者と思われて、しじゅう貧乏して裏店《うらだな》のようなところに住まって、かの人は何をするかと人にいわれるくらい世の中に知れない人で、何もできないような人であったが、しかし彼は一つの大思想を持っていた人でありました。その思想というは人間というものは非常な価値のあるものである、また一個人というものは国家よりも大切なものである、という大思想を持っていた人であります。それで十七世紀の中ごろにおいてはその説は社会にまったく容《い》れられなかった。その時分にはヨーロッパでは主義は国家主義と定《き》まっておった。イタリアなり、イギリスなり、フランスなり、ドイツなり、みな国家的精神を養わなければならぬとて、社会はあげて国家という団体に思想を傾けておった時でございました。その時に当ってドノような権力のある人であろうとも、彼の信ずるところの、個人は国家より大切であるという考えを世の中にいくら発表しても、実行のできないことはわかりきっておった。そこでこの学者は秘《ひそ》かに裏店に引っ込んで本を書いた。この人は、ご存じでありましょう、ジョン・ロックであります。その本はEssay《エッセイ》 on《オン》 Human《ヒューマン》 Understanding《アンダスタンディング》 であります。しかるにこの本がフランスに往きまして、ルソーが読んだ、モンテスキューが読んだ、ミラボーが読んだ、そうしてその思想がフランス全国に行きわたって、ついに一七九〇年フランスの大革命が起ってきまして、フランスの二千八百万の国民を動かした。それがためにヨーロッパ中が動きだして、この十九世紀の始めにおいてもジョン・ロックの著書でヨーロッパが動いた。それから合衆国が生まれた。それからフランスの共和国が生まれてきた。それからハンガリーの改革があった。それからイタリアの独立があった。実にジョン・ロックがヨーロッパの改革に及ぼした影響は非常であります。その結果を日本でお互いが感じている。われわれの願いは何であるか、個人の権力を増そうというのではないか。われわれはこのことをどこまで実行することができるか、それはまだ問題でございますけれども、何しろこれがわれわれの願いであります。もちろんジョン・ロック以前にもそういう思想を持った人はあった。しかしながらジョン・ロックはその思想を形に顕《あら》わして Essay on Human Understanding という本を書いて死んでしまった。しかし彼の思想は今日われわれのなかに働いている。ジョン・ロックは身体も弱いし、社会の地位もごく低くあったけれども、彼は実に今日のヨーロッパを支配する人となったと思います。

それゆえに思想を遺《のこ》すということは大事業であります。もしわれわれが事業を遺すことができぬならば、思想を遺してそうして将来にいたってわれわれの事業をなすことができると思う。そこで私はここでご注意を申しておかねばならぬことがある。われわれのなかに文学者という奴がある。誰でも筆を把《と》ってそうして雑誌か何かに批評でも載《の》すれば、それが文学者だと思う人がある。それで文学というものは惰《なま》け書生の一つの玩具《おもちゃ》になっている。誰でも文学はできる。それで日本人の考えに文学というものはまことに気楽なもののように思われている。山に引っ込んで文筆に従事するなどは実に羨《うらや》ましいことのように考えられている。福地源一郎君が不忍《しのばず》の池のほとりに別荘を建てて日蓮上人《にちれんしょうにん》の脚本を書いている。それを他から見るとたいそう風流に見える。また日本人が文学者という者の生涯はドウいう生涯であるだろうと思うているかというに、それは絵艸紙屋《えぞうし》へ行ってみるとわかる。ドウいう絵があるかというと、赤く塗ってある御堂《みどう》のなかに美しい女が机の前に坐《すわ》っておって、向うから月の上ってくるのを筆を翳《かざ》して眺めている。これは何であるかというと紫式部の源氏の間である。これが日本流の文学者である。しかし文学というものはソンナものであるならば、文学は後世への遺物でなくしてかえって後世への害物である。なるほど『源氏物語』という本は美しい言葉を日本に伝えたものであるかも知れませぬ。しかし『源氏物語』が日本の士気を鼓舞することのために何をしたか。何もしないばかりでなくわれわれを女らしき意気地なしになした。あのような文学はわれわれのなかから根コソギに絶やしたい（拍手）。あのようなものが文学ならば、実にわれわれはカーライルとともに、文学というものには一度も手をつけたことがないということを世界に向って誇りたい。

新訳源氏物語の後に

与謝野　晶子

明治時代から昭和時代前期の歌人。一八七八—一九四二年。『みだれ髪』「君死にたまふことなかれ」など。古典の現代語訳にも旺盛に取り組んだ。

与謝野晶子は明治四十四（一九一一）年から『新訳源氏物語』の稿を起こし、翌四十五年から大正二年にかけて刊行した。掲出箇所は下巻末に付された訳業を終えての所感である。

その中で「源氏物語は我が国の古典の中で自分が最も愛読した書である。正直にいえば、この小説を味解する点について自分は一家の抜き難い自信をもっている」と述べるように、晶子は『源氏物語』の本文を存分に咀嚼《そしやく》して彼女の言葉に移し替えていった。訳出の態度は、「必ずしも原著者の表現法を襲わず、必ずしも逐語訳の法に由《よ》らず、原著の精神を我が物として訳者の自由訳を敢《あ》えてしたのである」というものだった。また、桐壺《きりつぼ》巻以下数帖は従来よく読まれて難解の嫌いが少ないとして抄出が試みられ、中巻以後はほぼ全訳がなされるという点も、『新訳源氏物語』を読む際に留意すべきことだろう。

晶子自身も触れているように、本書の上巻には上田敏《びん》（一八七四―一九一六）と森鷗外《おうがい》（一八六二―一九二二）が序文を寄せている。

なお、晶子は昭和十三（一九三八）年から十四年にかけて今度は全訳に取り組み、『新新訳源氏物語』として二度目の現代語訳を成し遂げた。

◇◇◇

明治四十四年一月に稿を起こしたこの書は大正二年十月に到って完成した。この短い歳月の間に、自分は専らこの書の訳述にばかり従っていることは出来なかった。家庭と書斎とに於《お》ける自分の仕事は常に繁劇《はんげき》を極めていた。なおこの間に欧州へ往復し、また二度産褥《さんじょく》の人ともなって、その一度は危険な難産であった。しかし自分は十二歳頃からもっていた原著の興味に牽《ひ》かれながら、この書の訳述を過去三年間の自分の仕事の中心として微力を傾けていた為に、最初の予定よりも速やかに完成することを得たのである。顧みれば無理な早業を仕遂げてほっと一息つく感がないでもない。正直にいえば、この源氏物語は我が国の古典の中で自分が最も愛読した書である。自分は一家の抜き難い自信をもっている。小説を味解する点について自分は一家の抜き難い自信をもっている。

この書の訳述の態度としては、画壇の新しい人々が前代の傑作を臨摹《りんも》するのに自由模写を敢《あ》えてする如く、自分は現代の生活と遠ざかって、共鳴なく、興味なく、徒《いたずら》に煩瑣《はんさ》を厭《いと》わしめるような細個条を省略し、主として直ちに原著の精神を現代語の楽器に浮き出させようと努めた。細心に、また大胆に努めた。必ずしも原著者の表現法を襲わず、必ずしも逐語訳の法に由《よ》らず、原著の精神を我が物として訳者の自由訳を敢えてしたのである。

自分が源氏物語に対する在来の註釈《ちゅうしゃく》本の総《すべ》てに敬意をもっていないのはいうまでもない。中にも湖月抄《こげつしょう》の如きは寧《むし》ろ原著を誤る杜撰《ずさん》の書だと思っている。

なお、従来一般に多く読まれていて難解の嫌いの少ないと思う初めの桐壺以下数帖《じょう》までは、その必要を認めないために、特に多少の抄訳を試みたが、この書の中巻以後は原著を読むことを煩わしがる人々のために意を用いて、殆《ほとん》ど全訳の法を取ったのである。

源氏物語の結構は光の君と紫の君とを主人公とする部分と、薫《かおる》の君と浮舟の君とを主人公とする部分とに二大別せられる。前段に於いて絢爛《けんらん》と洗練とを極めた妙文が、後段の宇治十帖に到って、その描写が簡浄となると共に、更に清新の気を加えて、若返った風のあるのは、紫式部の常に溌剌《はつらつ》としていた天才に由ることとただ驚歎《きょうたん》するばかりである。源氏物語を読んで最後の宇治十帖に及ばない人があるなら、紫式部を全読した人とはいわれない。

源氏物語に書かれた重要な人物には、男女とも、すべて名が記載されていない。それで従来の読者は、その人物に縁故ある歌の中の語を仮《か》ってその人物の字としているのである。この書にも便宜上おなじく従来の慣例に従っておいた。

初め、この書の上巻を出した時、自分が「めざまし草」や「文学界」を読んだ頃から敬慕していた森先生と上田先生との両博士が、非才な著者のために、分に過ぎた序文を賜うて激励せられたことは、何よりも自分の感激して已《や》まぬ所である。啻《ただ》に著者一人のみならず、著者の子孫もまた永くこれを光栄とするであろう。

また、中沢画伯が著者の希望を容《い》れて、この書の挿画と装幀とに終始多大の労を寄せられ、その妙技を尽くして、五十四帖の多数多種な情景を発揮せられた為、この書の上に目ざましいまでの光輝を備えることが出来たのを感謝する。世に源氏物語絵巻は少なくないが、欧州の画風に由って新生面をこれに開かれたのは実に画伯の挿画が初めてである。

なお、源氏物語を読むには、その背景となった平安朝の宮廷及び貴人の生活を知ることが必要である。それで自分はこの書に次いで、当時の歴史を題材とした写実小説である栄華物語の新訳に筆を着けている。

終わりに、記念として書き添えておきたいのは、昨年の夏巴里《パリ》に於いて、彫刻家アウギュスト・ロダン先生と、詩人アンリィ・ド・レニエ先生とに、自分がこの書の前二巻を親しく捧《ささ》げたことである。ロダン先生が書中の挿画を繰り広げて日本木版の美を激賞しながら、「日本と仏蘭西《フランス》と相互の国語及び思想を研究する人々が両国の間に次第に殖えてゆく。自分は日本語を読み得ないのを遺憾とするが、明日にも自分の友人の訳に由って、この書の思想を味わい得る日の来るのを信じる」と語られたことは、まだ自分の記憶の中に新しい。

大正二年十月

長編小説の研究

田山花袋

明治時代から昭和時代前期の小説家。一八七一―一九三〇年。島崎藤村と並ぶ自然主義文学の旗手として『蒲団』『田舎教師』『南船北馬』などを著した。

田山花袋による『長編小説の研究』(新詩壇社、一九二五年)のうち、『源氏物語』について述べた第三十節(『定本花袋全集』による。初出では第三十一節)の全文。

日本の文学で一番大きくかつすぐれているのは『源氏物語』であるとし、「人物も自然もすべて生きて動いている」と評する。だが、「今の人達」(大正末年)は『源氏物語』そのものを読まずに、書き直したものや翻案風のもので要領だけを得て早呑込み《はやのみこ》をしてしまうことが多いようだと嘆く。例として、花袋は柳亭種彦《りゅうていたねひこ》の『偐紫《にせむらさき》田舎源氏』（文政十二（一八二九）年―天保十三（一八四二）年刊）を挙げている。また、学校などで桐壺《きりつぼ》巻や帚木《ははきぎ》巻くらいを読んで『源氏物語』を鵜呑みにさせるような形では「とても駄目である」という。

物語が千年の月日を経ていることへの言及も注目される。花袋はその趣を古画に見るような彩色と同じとし、「書いた時はけばけばしい色であったであろうと思われるものも、時の空気の中にすっかり深く沈んでいるようにさえ見える」とその古色の美を指摘する。「けばけばしい色」との評はともかく、読んでいるとふと国宝『源氏物語絵巻』とその精密な復元模写が思い浮かぶ。建物についても言えることだろう。

なお、本文中（九二頁）に、空蟬《うつせみ》と夕顔の取り違えが見られる。

◇　◇　◇

つづいて日本のものについて少し言って見たい。

何と言っても一番大きく且《か》つすぐれているのは、『源氏物語』である。この『源氏物語』一巻を持っているために、日本の文学は何《ど》んなに光彩を発して来ているか知れないと言って好《よ》い。第一、ああいう古い時代に、何処にああした作があるだろうか。フランスに、ドイツに、イタリイに、イギリスに、あの時代にああした作があるだろうか。決してありはしないではないか。だから外国でもめずらしがって、大騒ぎをして、頻《しき》りにあれを翻訳しようなどとしているのも無理はないのである。何と言っても、『源氏物語』は世界での小説と言われ得べきものの一番最初のものであるのである。

それにしても何《ど》うしてああいうものがあの時代に出来たか。何に縁《よ》ってああいうものが生れたか。支那《しな》の影響か？　否。朝鮮の影響か？　否。それはそこに書いてあることには、そうした影響を受けた形が多々あり、史記や日本紀などに得たところがあると強いて言えば言えないこともないけれども、しかもあの構図や、描写はすべて全く独創的ではないか。実人生を手本にしてそれを展開させた他に何を模倣したという形は少しもないではないか。

『源氏物語』――あんなものを読んだってしょうがない。今の若い人達は皆なそう言うけれども、それは日本文学の中に生息しているものの恥ではないか。眼の前にある立派な御馳走《ごちそう》を放ったらかして却《かえ》ってそれよりも拙《まず》いものをめずらしがって食っているのではないか。そういうと、若い人達は言うだろう。そんなに『源氏物語』は面白いですか。フランスの今の作家のような面白味を持っていますか。フロオベルや、ドストイフスキイや、ゾラや、ユウゴオなどの面白さを持っていますか。バレス、ロオラン、ブルジェのような新しさを持っていますか。こう聞くに相違ない。私は答える。無論そうした価値も新しさも持っている。それは全体の仕組に於《おい》ては、光源氏という一人の偶像を出してそれを中心に大きくいろいろなことをやらせているのは、今になっては、すこし古く且つイヤだけれども、その一つ一つの描写、或《あるい》は夕顔、或は空蟬《うつせみ》、或は紫の上、或は葵《あおい》、或は末摘花《すえつむはな》という風に細かに見て来ると、皆なビビットに鮮かに描き出されてあって、決して今の芸術に遜色《そんしょく》あるものではない。今のブルウジェあたりのあのしつっこい描写など却ってその脚下に瞠若《どうじゃく》たるものがあると言っても好いくらいである。実によくはっきりと描いてある。人物も自然もすべて生きて動いている。千年以前のものとは何うしても思えない。たとえば『夕顔』の中の夕顔と軒端の荻と対局して双六か何かをやっているのを光源氏がそっと覗くあたりの描写、または空蟬を河原院の荒寺の中につれて行くあたりの描写、紫の上が末摘花の鼻を赤く書くあたりの描写、あそこいらを見ただけでも、決して今の芸術の色彩や匂いに劣っていないのを発見するであろう。あの藤壺の后がその一生を通じて、いろいろな苦しみを光源氏に与えている形なども、決して現代の小説にその美を譲るものではない。

それにしても何うしてああいうものがあの時代に出来たであろうか。また何うしてああいうすぐれたものが手近にあるのに、今の若い人達はそれを捨てて顧みないだろうか。あらゆるものがそこにあるではないか。権力の争い、骨肉の争い、秘密な恋、不倫な恋、恋を得たものの喜び、恋を失ったものの悲しみ、今と少しも変らずに静かに展開されて行っている人生、そういうものがすべてその中にさまざまの色彩をつけてあらわれ出して来ているではないか。或は紫色に、或は縹色《はなだいろ》に、或はえび染めにあらわされて来ているではないか。描かれたものは決して古くされないという芸術上の真理が立派にそこに証拠立てられてあるではないか。私の言うことが誇大にすぎると思ったら、細かく詳しく読んで見るが好い。『ははァ、なるほど立派なもんだなア！こんなものだったのかなア！』と屹度《きっと》驚くに相違ないから……。

それに、今の人達は『源氏物語』をそれについて読まずに、書直したものか、翻案風のものかに由《よ》って、その要領だけを得て、『ははア源氏物語というものはこういうものか』と早呑込みをして了《しま》うものが多いようである。種彦の『田舎源氏』などを読むものなどもその一つである。また学校などでは『桐壺』と『箒木』ぐらいを読ませて、それで『源氏物語』を鵜呑にさせている形であるが、それではとても駄目である。その筋だけわかれば好いという種類の著作もないではないが、『源氏物語』は決してそういう種類のものではない。全く描写であるから、一つ一つそれについて見なければわからない。文字と文字との間、句と句との間に細かに人間の心やら気分やら感じやらが刻まれてあるので、それは翻案されたものなどではとても味えない。それに、千年の月日を経ているということが、更にその色彩やら感じやらを深くしている。それは古画に見るような彩色と同じである。書いた時はけばけばしい色であったであろうと思われるものも、時の空気の中にすっかり深く沈んでいるようにさえ見える。

文芸的な、余りに文芸的な

芥川　龍之介

大正時代の小説家。一八九二―一九二七年。夏目漱石に師事し、「鼻」が認められたことで文壇に上った。代表作に『羅生門』『杜子春』『地獄変』『歯車』など。

芥川龍之介の「文芸的な、余りに文芸的な」のうち、第三十七節の「古典」を収載した。芥川は『源氏物語』を褒める大勢の人々に遭遇したものの、知人の小説家の中で実際読んでいるのは谷崎潤一郎と明石敏夫の二人だけだったという。明石敏夫（一八九七―一九七〇）には『父と子』、『半生』の著があり、後年「あのころの芥川龍之介」を記した。「すると古典と呼ばれるのは或《あるい》は五千万人中滅多に読まれない作品かも知れない」としている。続けて、『万葉集』は『源氏物語』よりもはるかに大勢に読まれているとの指摘から、「元来東西の古典のうち、大勢の読者を持っているものは決して長いものではない」と述べる。ポオがこの事実に依《よ》って主張したという「原則」とは、たとえば一八四六年に発表された「創作の哲理」(『詩の原理』(阿部保訳、彌生書房、一九八八年)所収)の「最初に考えたのは長さのことであった。もしいかなる文学作品も長すぎて一気に読んでしまえないならば、われわれは印象の統一から生れる非常に重要な効果を失うことに甘んじなければならぬ――なぜなら、もし二度机に向うことが必要であるならば、世の俗事が入りこんで、印象の全体性といったものはすべてたちまち壊される」といった言説を指すのだろうか。

芥川に憧《あこが》れていた太宰治も、後に古典について「古典龍頭蛇尾」という随筆を書いている(一八二頁)。

◇　◇　◇

「選ばれたる少数」は必しも最高の美を見ることの出来る少数かどうかは疑わしい。

寧《むし》ろ或《ある》作品に現れた或作者の心もちに触れることの出来る少数であろう。従ってどう云う作品も、——或は又どう云う作品の作者も「選ばれたる少数」以外に読者を得ることの出来るものではない。が、それは「選ばれざる多数の読者」を得ることと少しも矛盾していないのである。僕は「源氏物語」を褒める大勢の人々に遭遇した。が、実際読んでいるのは（理解し、享楽しているのを問わないにもせよ）僕と交っている小説家の中ではたった二人、——谷崎潤一郎氏と明石敏夫氏とばかりだった。すると古典と呼ばれるのは或は五千万人中滅多《めった》に読まれない作品かも知れない。

しかし万葉集は源氏物語よりもはるかに大勢に読まれている。それは必しも万葉集の源氏物語を抜いている所以《ゆえん》ではない。のみならず又両者の間に散文と韻文と云う堀割りの横《よこた》わっている所以でもない。単に万葉集の作品は一つ一つとり離して見れば、源氏物語よりもずっと短いからである。元来東西の古典のうち、大勢の読者を持っているものは決して長いものではない。少くとも如何《いか》に長いにもせよ、事実上短いものの寄せ集めばかりである。ポオは詩の上にこの事実に依《よ》った彼の原則を主張した。それからビーアス（Ambrose Bierce）は散文の上にもやはりこの事実に依った彼の原則を主張した。僕等東洋人はこう云う点では理智よりも知慧《ちえ》に導かれ、おのずから彼等の先駆をなしている。が、生憎《あいにく》彼等のように誰もこう云う事実に依った理智的建築を築いたものはなかった。若《も》しこの建築を試みるとすれば、長篇源氏物語さえ少くとも声価を失わない点では丁度善い材料を与えたであろうに。（しかし東西両洋の差はポオの詩論にも見えないことはない。彼は彼是《かれこれ》百行の詩を丁度善い長さに数えている。十七音の発句などは勿論《もちろん》彼には「エピグラム的」の名のもとに排斥されることであろう。）

あらゆる詩人の虚栄心は言明すると否とを問わず、後代に残ることに存している。いや、「あらゆる詩人の虚栄心は」ではない。「彼等の詩を発表した、あらゆる詩人の虚栄心は」である。一行の詩も作らずに彼自身の詩人であることを知っている人々もないことはない。（彼等は大小は暫《しばら》く問わず、彼等の詩的生涯の上に最も平和だった詩人たちである。）しかし性格や境遇の為に兎《と》に角《かく》韻文か散文かの詩を作ってしまった人々だけに詩人の名を与えるとすれば、あらゆる詩人たちの問題は恐らくは「何を書き加えたか」よりも「何を書き加えなかったか」にある訣《わけ》であろう。それは勿論原稿料による詩人たちの生活に不便である。若し不便であるとすれば、――封建時代の詩人、石川六樹園《ろくじゅえん》は同時に又宿屋の主人だった。僕等も売文と云うことさえなければ、何か商売を見つけるかも知れない。僕等の経験や見聞もその為に或は広まるであろう。僕は時々売文だけでは活計《たつき》の立てることの出来なかった昔に多少の羨《うらやま》しさを感じている。しかしこう云う現世も亦《また》後代には古典を残しているであろう。勿論食う為に書いたものも古典にならないと限った訣ではない。（若し或作家の姿勢として見れば、唯《ただ》「食う為に書いている」のは最も趣味の善い姿勢である。）唯アナトオル・フランスの言ったように後代へ飛んで行く為には身軽であることを条件としている。すると古典と呼ばれるものは或はどう云う人々にも容易に読み通し易いものかも知れない。

英訳『源氏物語』

正宗　白鳥

明治時代から昭和時代の小説家・評論家・劇作家。一八七九―一九六二年。代表作に『寂寞』『何処へ』『最後の女』『自然主義盛衰史』など。

正宗白鳥がアーサー・ウエレー（正宗の表記による）の翻訳した『源氏物語』を読んでの所感を記した文章である。物語の原文は学生時代の講義や注釈本によってほぼ読み通しているものの、「いつも、気力のない、ぬらぬらとした、ピンと胸に響くところのない、退屈な書物だと思っていた」のだという。それが英訳で読むと、はじめて物語の筋道や作中の男女の行動や心理も理解され、叙事も描写も鮮明になったと高く評価している。「この英訳を新たに日本文に翻訳したら、世界的名小説として、多くの愛読者を得るかも知れない」とまで言っている。

この翻訳は実際に佐復《さまた》秀樹により実現され、平凡社ライブラリーの『ウェイリー版源氏物語』（二〇〇八―〇九年）として刊行されている。続いて二〇一七―一九年に毬矢まりえ・森山恵姉妹の『源氏物語　A・ウェイリー版』（左右社）が刊行され、《接吻》ほか、グスタフ・クリムトの絵が全四巻の表紙を飾った。

正宗は後に、「再び英訳『源氏物語』につきて」を著し、ウエレー訳について「ところが、私は今度、英人アーサー・ウエレー訳の「源氏」を通読して、日本にもこんな面白い小説があるのかと、意外な思ひをした」と改めて称賛している。

◇◇◇

Arthur Waley という英人によって翻訳された『源氏物語』を、ポツリポツリ読んでいる。そして、今までになくこの日本最大の古典文学に興味を感じている。私は、学生時代に、「雨夜の品定め」までは、或《あ》る国文学者の講義を正式に聴いているし、幾十年かの間にいろいろの註釈《ちゆうしやく》本によって略々読み通していると云ってもいいのだが、いつも、気力のない、ぬらぬらとした、ピンと胸に響くところのない、退屈な書物だと思っていた。ところが、今度英訳で読むに及んで、はじめて物語の道筋がよく分り、作中の男女の行動や心理も理解され、叙事も描写も鮮明になった。専門の国文学者は別として、この名高い『源氏物語』を通読し翫味《がんみ》した者は、純文学者、或いは文学愛好者のうちにも、甚だ稀《まれ》であろうと思われるが、この英訳を新たに日本文に翻訳したら、世界的名小説として、多くの愛読者を得るかも知れないと推察される。

私としては、黄昏《たそがれ》の薄明りで、ぼんやり見ていた『源氏物語』を、今度太陽の光か――それほどでなくても、冴《さ》えた満月の光で見直したような感じがした。国学の先生に云わしたら、黄昏の世界が本当の源氏の世界であり、文章でも人物でも、朧月夜《おぼろづきよ》の朦朧《もうろう》としたところに、日本趣味の妙味があるのかも知れないが、そうすると、この英訳は、ウエレー氏の創作的翻訳と云ってもいいのだ。森鷗外《おうがい》の『即興詩人』が創作的翻訳として傑《すぐ》れているようなものである。ウエレー氏の文章を読むと、なよなよとした文章が、弾力を帯びて生きている感じがするが、氏は、原文に対して極めて忠実なる態度を採っている。我々今日の日本人には難解な描写を、器物衣裳《いしよう》の末に至るまで、洩《もら》さずに移そうとしている。根気のいいことは驚嘆すべきである。

ウエレー氏について、私はまだ多くを知らない。氏は、今春、五十四帖《じょう》のすべてを訳し終るまでに十年を費している。氏は一度も日本に来たことはない。英国博物館に於《お》いて独力で日本の古典を学んだらしい。英国博物館には、河内《かわち》本の写しも蔵されているほどで、いろいろな註釈本も備っているにちがいないが、それ等を充分に読みこなしているには驚かれる。日本人の助力があったのかとも疑われるが、その生彩ある訳文によって判断すると、凡庸なる外部の助力などは云うに足りないのである。氏は数年前に重患に罹《かか》り、「源氏」の名訳も永久に未完のままで終るのではないかと気遣われていたが、運よく回復して、彼れの一生の大事業を為遂《なしと》げることが出来た。彼れのヒョロ高い身体は、骨と皮のように痩《や》せているそうであるが、それは、彼れの心酔している東洋の古典の研究に精根を削られたためではあるまいか。彼れは、『枕草紙』をも翻訳しているが、さまざまな物語を読んで、特に『蜻蛉《かげろう》日記』を推讃し、その迫真の力を認め、直截《ちょくせつ》な筆致を賞しているのによっても、彼れの文学鑑賞眼の凡庸でないことが察せられる。蜻蛉夫人の心理の動揺の表現は、現代欧洲《おうしゅう》の優秀なる小説に描かれている婦人の心理描写に比して遜色《そんしょく》のないことを、彼れは日本人にも勝ってよく知っている。彼れの「源氏物語観」は、別冊として詳しく述べられるべく予定されていて、紫式部も千年を隔てて異国に知己を得て、はじめて、古今東西有数の大天才である所以《ゆえん》が、明晰《めいせき》に論断されるらしく、私には期待されている。六巻に分たれている翻訳の序文に散見されている断片的の批評を見ても、この訳者が紫式部の作家としての主腕に如何《いか》に憧憬《しょうけい》しているかが想像される。

四十七士の復讐《ふくしゅう》談や、ラフカヂオ・ハーンの妙筆によって伝えられた怪談などは、不思議な国の話として面白がられるのであるが、この「源氏」の英訳は、あり振れた翻訳ではない。私の手にしている英訳の第一巻は七版を重ねているほどで、既に英国の文学愛好者の注意を惹《ひ》いているが、全部完結の今日、日本文学に対する興味が、この傑れたる翻訳を通じて惹起《じゃっき》されるかも知れない。英国に於いては、さき頃までガーネット夫人の翻訳を、それがさながら原本であるが如く見做《みな》して、露西亜《ロシア》文学が研究され批判されていたが、ウエレー氏の「源氏」は、末永く世界の代表的古典文学のうちに伍《ご》して、鑑賞されそうに思われる。千年前の日本の宮廷生活、貴人の恋愛遊戯には、トルコやペルシアのハレムの光景でも伺うように、欧米の読者が好奇心を催すのであろうが、「源氏」の価値は無論そういう話材の面白さだけではない。現代日本の新進の文学者が随喜《ずいき》渇仰《かつごう》していたプルーストなどと一脈相通じるところがあると思われている。潜在意識を捉《とら》えている点なのであろうか。絢爛《けんらん》たるマキモノの繰り開かれていると思われるばかりでなく、モザートの交響楽にも比べられている。絵画美、音楽美、それに多数の人物の描写の妙、流転の世相をそのままに見た博大な態度、ホーマー以来の世界の傑作十種を選ばば、そのうちの一として、栄えある黄金の椅子に座するに値いしているように思われている。

絵画や彫刻と異なり、日本の詩や小説は原語を解しない他国人には鑑賞される見込みはないように思われていた。八月号の文藝春秋《ぶんげいしゅんじゅう》には、小宮豊隆《とよたか》氏が、『発句翻訳の可能性』と題し、芭蕉《ばしょう》の「古池」の句の英訳を批評して不満の意を洩らしている。発句でも和歌でも、その妙味は他国語に移し難いことは極《きわ》まっている。日本人が頭で考えて、こういう翻訳したら、外人に解るであろうと索《さぐ》り索り日本語を外語に移したのは、意味は正しきを得ても、妙味は伝えられないに極っている。しかし、ウエレー氏のような天才が真に日本の詩歌小説などを愛好し心酔して、翻訳するようになったら、東西言語の相違の難関を突破し得られるであろう。私は、英訳「源氏」を読んでそう思った。氏の如き人が続々現れたなら、日本の文学も、絵画同様に、世界的に鑑賞されるようになるのである。

だが、我ながら不思議に堪えないのは、ウエレー氏の"The tale of Genji"が面白くって、紫式部の『源氏物語』が相変らず、左程面白く思われないことである。私は、ところどころ両者を比較して読んだ。原文は簡潔であると云える。訳文は言葉数が多いが、これは止むを得ない。ハーンは発句などを訳するには、気軽にパラフレーズするような態度を採っているが、小宮氏の参照している宮森氏の「古池」の訳の如く、緊張した用語の方が必ずしも適切であるとは云われまい。「源氏」の訳も、強いて原文通りにしたなら、何の事やら分らないものになるに極っている。ウエレー氏は、しかし、決して原文の一語一語を無視しないとともに、それを説明化してはいない。原文は簡潔とは云え、頭をチョン斬って、胴体ばかりがふらふらとしているような文章で、読むに歯痒《はがゆ》いのであるが、訳文はサクリサクリと歯切れがいい。糸のもつれのほぐされる快さがある。消極的の原文が積極的に翻訳されているところが、甚だ多いが、訳者の筆が自《おのず》からそうなって行くところに、西洋文学と日本の古文学の相違が歴然としている感じがされる。一例を挙げると、「若紫」のうちに、後の「明石《あかし》」の巻《まき》の伏線として、世をすねて、職を棄てても、尚《なお》都へ帰らず、明石に止まりて、娘とともに暮している播磨《はりま》の前国司の噂が記されているが、その噂として原文には、「さて其女《むすめ》は怪《け》しうは有らず、容貌《かたち》心ばせなど侍るなり。代代《よよ》の国の司《つかさ》など、用意殊にして、心ばえ見すなれど、更に承け引かず、我身の斯く徒らに沈めるだに有るを、此人一人こそ有なれ。思ふさま異なり。若し我に後れて其志遂げず此思ひ置きつる宿世《すくせ》違《たが》はば、海に入りねと、常に遺言し置き侍る。」と云っているが、訳文には、「若《も》し父の遺言に背いて、彼女自身の愚かな思いに任せて、父の厳命を無視するようなら、父の亡霊が現れて彼女を波の中に引摺《ひきずり》込むと云った。」となっている。

だから、専門の国学者が読んだら、ウエレー氏の訳文は「源氏」離れがしていると云うかも知れない。「思へど猶飽かざりし夕顔の、露に後れし程の心地を。」と云ったような、日本文学に限って有《も》っている言い廻《まわ》しは、完全に英語化される筈《はず》はないが、そういう言葉の味を現そうと苦心したところに、多分在来の西洋文学になかったらしい味が煮染《にじ》み出ているようで面白い。

何処か遠い世界の話を聞かされているようでありながら、現代の人間の心がそこに描かれているのは、どの傑れた古典に於いても見られるので、「源氏」の面白さもそこにあるのだが、私は原本と訳本とを比べて見て、自分が伝統的日本の文体について、案外に馴染《なじ》みが薄くなっていることを、今はじめて気がついたように明らかに認めたのである。伝統の潜勢力はつよい。また、伝統は重んじなければならぬというような理論は理論として、大抵の文学愛好者が、「源氏」にはうんざりするにちがいない。昔から云われているように、「須磨《すま》」「明石」まで辿《たど》りついたら、読書の旅も打ち留めたくなるのである。しかし、ウエレー氏の訳本を手にした文学愛好者なら、次から次へと読みたくなるほどの興味に誘われるに極っている。翻訳も侮り難いもので、死せるが如き原作を活《い》き返らせることもあるものだと、私は感じた。

故山口剛《たけし》氏の「西鶴論《さいかくろん》」を読んだ時に、「一代男」は、源氏物語の翻案であると云ったような意味の見解が下されてあったのを珍しく思ったが、ウエレー氏の訳本を読んでいる間に、山口氏の所説が思い当った。「一代男」は町人の源氏物語である。徳川時代の町人社会の好みに適した様式を採って叙せられた情慾《じようよく》史である。そして英訳「源氏」は、西洋の読者には、東洋の神秘国の古代の愛慾生活振りに、異国趣味の魅惑が感ぜられるであろう如く、我々には、それとはちがった意味で、一種の異国趣味が感ぜられるのだ。平安朝時代の「光源氏」の好色史を読んでいるようでもあり、また、何処か知らない国の面白い物語を読んでいるようでもある。自分の国の有名な小説が英語に訳されて、西洋人に読んで貰《もら》えるようになったことを、私は格別悦《よろこ》ばしいとは思わない。ウエレー氏の創作的翻訳によって、今まで読んだいろいろな小説とは異った面白い作品に接したことを私は喜んでいる。訳者自身は、自己の創意を示すよりも、異国の名作を忠実に訳すことにのみ心を注いだのであろうが、私は訳者の予期しなかった、嶄新《ざんしん》な創作的妙味の自から横溢《おういつ》しているのを感じている。……従来世に出ている日本文学の欧文訳とは全く類を異にしていると、私は思っているが、それは買い被《かぶ》りであろうか。

坪内博士のシエークスピア劇翻訳は、ウエレー氏の「源氏」の翻訳と並べて論ぜらるべきもので、私に取っては甚だ興味ある批評の題材なのであるが、今「改造」誌上でそれを論ずるのは差しさわりがありそうなので、他日に譲ることにする。

『源氏物語』について

和辻哲郎

大正・昭和時代の哲学者・倫理学者・文化史家・日本思想史家。一八八九—一九六〇年。『古寺巡礼』『風土』『面とペルソナ』などの著作で知られる。

『風土』や『古寺巡礼』などで知られる和辻《わつじ》哲郎による『源氏物語』評論。初出は『思想』第十五号（一九二二年十二月）で、後に『日本精神史研究』（岩波書店、一九二六年）所収。

『源氏物語』の首巻桐壺《きりつぼ》巻で帝《みかど》と更衣の間に生まれた皇子は世の人に「光君《ひかるきみ》」と呼ばれた。高麗人《こまうど》が名づけたという。ところが次の帚木《ははきぎ》巻の冒頭は「光源氏名のみことごとしう」と始まり、今度は「光源氏」という呼称が新たに登場する。しかもそれは物言いさがなき世間の口に好色の人として名高いと語られる。

和辻は、「光君」はいかなる意味でも好色の人ではないはずが、突如として有名な好色人《すきびと》「光源氏」の名が掲げられることに疑問を呈す。呼称を手がかりに両巻の断絶について検討し、帚木巻冒頭の一つの物語の発端としての書き方を確認した上で、「かくて我々は、帚木が書かれた時に桐壺の巻がまだ存在しなかったことを推定しなければならぬ」と問題提起する。

『源氏物語』五十四帖の執筆順序の議論（成立論）は今もなお決着を見ないが、後に武田宗俊（一九〇三―一九八〇）が桐壺巻は紫上系、帚木巻は玉鬘《たまかずら》系、のごとく巻々の系統分類を試みることにも繋《つな》がる重要な見解と言える。

◇　◇　◇

我々は第一巻の物語によって、桐壺の更衣より生まれた皇子が親王とせられずして臣下の列に入れられたことを、すなわち「源氏」とせられたことを、知っている。またこの皇子がその「美しさ」のゆえに「光君《ひかるきみ》」と呼ばれたことも知っている。しかし物言いさがなき世間の口に好色の人として名高い「光源氏」については、まだ何事も聞かぬ。幼うして母を失った源氏は、母に酷似せる継母藤壺《ふじつぼ》を慕った、しかしまだ恋の関係にははいらない。十六歳の葵《あおい》の上に対してはむしろ嫌悪を感じている。そうしてこの十二歳以後のことはまだ語られていない。我々の知るところでは、光君はいかなる意味でも好色の人ではない。しかも突如として有名な好色人光源氏の名が掲げられるのは何ゆえであろうか。

この問いについて本居宣長《もとおりのりなが》は次のごとく答えている。この語は『源氏物語』の序のごときものである。源氏壮年の情事を総括して評した語である。従って人に非難される罪《とが》、隠密《おんみつ》の情事とは、後の巻々に描けることであり、「語り伝へけむ」とはこの物語、この後の巻々のことである（玉の小櫛《おぐし》。全集五の一二六三）。かく宣長がこの発端の語に特に注意すべきものを見いだし、これを全篇の「序」とさえも認めた事は、彼が古典学者としてよき洞察力を持っていたことを明証するものであるが、しかし彼はこの洞察を果実多きものとするだけの追求の欲を欠いていた。右の発端の語は、どの解釈をとっても、世の口さがなき噂に対する抗議を含んでいる。世人は彼を好色人というが、しかし実は「なよひかにをかしき事はなく」、好色人として類型的な交野《かたの》の少将には冷笑されるだろうと思える人なのである。彼の密事も「軽びたる名を流さむ」ことを恐れて忍び隠したのであって、実はまじめな事件なのである。この密事をさえ誤解しつつ語り伝えた人は「物いひさがなし」という非難に価する。この抗議は第一巻の物語からは全然出てくるわけはない。従ってそれは、読者がすでに「好色人としての光源氏」を他の物語あるいは伝説によって知っているか、あるいは作者がその主人公を、「好色人として有名でありながら実はまじめであった人」にしたいと考えたか、いずれかでなくてはならぬ。しかしそれがいずれであるにしても、とにかく作者はここで光源氏を恋の英雄として全体的に提示した。これは宣長も指摘したごとく、一つの物語の発端としての書き方である。そうしてここに我々は、何ゆえに突如として有名な好色人光源氏の名が掲げられたかの疑問を解くべき緒を見いだす。宣長はそれを追求しなかったが、この発端の語は、もともと桐壺の巻を受くるものとして書かれたのではなかろう。桐壺の最後には、「光君といふ名は、高麗人《こまびと》の感《め》で聞えて、つけ奉りけるとぞ、言ひ伝へたるとなむ」という一句がある。それを受けて帚木は、いきなり、光源氏、と書き出している。言葉の上ではつながりがあるように見える。しかし高麗人の名づけたのは幼児光君である。それに反して光源氏は有名な好色人《すきびと》である。のみならず右の一句は、唐突に桐壺の巻末に付加せられたものであって、前文と何の脈絡もない。また、少し前に書かれた「……譬へむ方なく、美しげなるを、世の人光君と聞ゆ」という言葉にも矛盾する。確かにこの一句は最も浮動的なものとして厳密な批評を受くべきものである。が、この一句を削り去ってみても、なお桐壺の巻と帚木の巻との間には、必然の脈絡が認められない。桐壺の巻末に描かれるのは、妻と定められた葵の上をきらって一途《いちず》に継母を恋い慕う十二歳の源氏である。彼は葵の上のために建てられた新邸をながめて、「かかる所に思ふやうならむ人をすゑて住まばや」と嘆く。この描写に呼び起こされて帚木の発端の語が出て来たとは何人も信じ得ないであろう。帚木の発端は、後に来る物語を呼び起こすべき強い力を持っているが、それに先行する何の描写をも必要とするものでない。かくて我々は、帚木が書かれた時に桐壺の巻がまだ存在しなかったことを推定しなければならぬ。

小学国語読本「源氏物語」

文部省

国定教科書の編者。一九〇二年の教科書疑獄事件を受け、翌年それまで検定制だった教科書は国定制に改められた。編集には文部省図書監修官の井上赳らがあたった。

昭和十三（一九三八）年二月に発行された尋常小学校の国定教科書。この第四期国定教科書（昭和八—十五年）は、巻一が「サイタ　サイタ　サクラ　ガ　サイタ」で始まることから「サクラ読本」と呼ばれた。全十二巻のうち、『源氏物語』は巻十一の第四課に掲載された。掲出箇所は教材に先立って紫式部の事績を述べた部分。「今日では外国語に訳され、世界的の文学としてみとめられるようになりました」とあるのは、一九二五年から一九三三年にかけて刊行されたアーサー・ウェイリーの英訳などが念頭にあったのだろう。

教科書ではこのリード文に続いて教材として若紫巻と末摘花巻が掲載される。小学生向けということで、やさしい現代語に直されているが、併せて、かいま見る光源氏と惟光《これみつ》の姿が本文や挿絵に描かれない改変があることを有働裕『「源氏物語」と戦争――戦時下の教育と古典文学』（インパクト出版会、二〇〇二年）が指摘する。

それまでの教科書にも『源氏物語』が採録されることはあったが、小学校の教科書は初めてである。また、須磨巻のような自然描写の「美文」が採録されがちだったところ、今日の多くの教科書にも載っている若紫巻のかいま見の場面が採られている点も注目される。だが、この『源氏物語』教材は発行直後から一部で強い反発を招き、末摘花巻は翌年九月発行の修正版で紅葉賀《もみじのが》巻に差し替えられるなどの対応がとられた。

◇　◇　◇

第四　源氏物語

紫式部《むらさきしきぶ》は、子供の時から非常にりこうでした。兄が史記を読んでいるのを、そばでじっと聞いていて、兄より先に覚えてしまう程でした。父の為時《ためとき》は、
「ああ、此《こ》の子が男であったら、りっぱな学者になるであろうに。」
と言って歎息《たんそく》しました。

大きくなって、藤原宣孝《ふじわらののぶたか》の妻となりましたが、不幸にも早く夫に死別れました。其《そ》の頃から紫式部は、筆をとって有名な源氏物語を書始めました。

其の後上東門院に仕えて、紫式部の名は一世に高くなりました。彼女は文学の天才であったばかりか、婦人としても、まことに円満な、深みのある人でした。

父為時が願ったように、若《も》し紫式部が男であったら、源氏物語のような仮名文は書かなかったでしょう。当時、仮名文は女の書くもので、男は漢文を書くのが普通であったからです。しかし、仮名文であればこそ、当時の国語を自由自在に使って、其の時代の生活を細かく写し出すことが出来たのです。こう考えると、紫式部は、やっぱり女でなくてはならなかったのです。

源氏物語五十四帖《じょう》は、我が国第一の小説であるばかりでなく、今日では外国語に訳《やく》され、世界的の文学としてみとめられるようになりました。

次にかかげる文章は、源氏物語の一節を簡単《かんたん》にして、それを今日の国語で表したものですが、ただこれだけで見ても、約九百年の昔に書かれた源氏物語が、如何《いか》によく人間を生き生きと、美しく、細かく写し出しているかがわかるでしょう。

小学国語読本巻十一「源氏物語」について文部省の自省を懇請する

橘　純一

明治時代から昭和時代の国文学者。一八八四―一九五四年。『つれづれ草 新註』などの注釈のほか『高等学校専門学校入学程度受験生の作文』などの参考書も著した。

前掲の教科書「小学国語読本」に『源氏物語』教材が掲載されたことには、直後から賛否両論の声が挙がった。厳しく批判した一人が国文学者 橘《たちばな》純一である。『橘守部全集』や「日本古典全書」の『徒然草』校註などを手がけた。昭和十一（一九三六）年に国語解釈学会を創立し、その雑誌『国語解釈』の第三巻第七号（昭和十三年七月）に教科書掲載への批判を発表した。「藤壺《ふじつぼ》中宮対源氏の君の関係」、「第三帝御即位の事」、「源氏の君が太上天皇に准ぜられる事」を「大不敬の構想」と断じ、「源氏物語は全篇一貫して、その性格が淫靡《いんび》であり不健全である」などと、太字ゴシック体で強調しつつ『源氏物語』を激しく非難してゆく。千年前の物語の「大不敬の構想」が問題になっている点は、昭和十三年という時代を物語る。前掲の有働裕『「源氏物語」と戦争――戦時下の教育と古典文学』に詳しい。

『源氏物語』受難の時代としてよく紹介されるのは掲出箇所だが、ここには載せていない後段では『源氏物語』を「平安朝の言語文章の一大宝庫」とし、「この宝の山は出来るだけの努力で掘り下げ掘返されねばならない」とも述べていて、矛盾するかに見えるこの二つの態度が同時に表明され得るというのが橘の『源氏物語』観であったのだろう（拙稿「禁止と愛読の時代――昭和初期の『源氏物語』受難」『日本教育史往来』第二三三号、二〇一八年四月）。

◇◇◇

前号に私は、文部省に対し、小学国語読本巻十一から「源氏物語」の一課を削除すべしという要求を提起した。その理由は次の如くごく簡単である。

源氏物語の情的葛藤《かっとう》中、最も重要な枢軸をなす藤壺《ふじつぼ》中宮対源氏の君の関係、これより起った第三帝（桐壺《きりつぼ》の巻《まき》に出で給う帝《みかど》を第一帝として数え申す）御即位の事、源氏の君が太上《だじょう》天皇に准ぜられる事、これらは大不敬の構想である。源氏の君の須磨《すま》引退の原因となった第二帝の寵姫朧月夜内侍《ちょうきおぼろづきよのないし》との関係も亦然《またしか》り。源氏物語は全篇一貫して、その性格が淫靡《いんび》であり不健全である。平安朝貴族衰亡の素因を露呈した文学である。これを無条件で、「我が国第一の小説」「世界的の文学」として推奨することは、国民教育上有害である。

国語読本には内容紹介の意味で、物語中の一二の場面を現代語化して示して居るが、いかにさしつかえなさそうな部分を選んでも、あれ程徹底的な源氏物語の頽廃《たいはい》した性格は、どんな断面にも現われずにはいない。殊《こと》に本課の（二）の場面の如きは、だらけ切った雰囲気を感ぜさせる。

今昔物語とか古今著聞集とかいう説話集中の短い一篇を取出したのとちがい、こういう長篇小説の一部を示した場合、殊にそれが、国民の全的信頼を受けている筈の文部省によって「我が国第一の小説」「世界的の文学」と推奨せられておるにおいては猶更《なおさら》のこと、児童は源氏物語の全内容を知りたく思う。現に私は源氏物語の話をしてくれと子供にせがまれて困却した母親父親の実例幾つかを知っている。又、少し優秀な児童ならば読めるくらいやさしく書いた現代語訳源氏物語が出版になっているのだから実に危険である。少くとも、教授の際、この後、紫の君がどうなるのかぐらいの質問は予期しなければならぬ。その質問に対し、紫の君はこの「にいさん」なる源氏の君の奥様になるのだと答えただけでも、この場面の情調は、児童にいかなる感銘を与えるであろうか。私はなんとしてもこの一課から、情操教育上のよい効果を想像し得ない。

以上が私の本課削除を主張する理由である。私はこの要求を正しいと信ずるが故に、あくまでその貫徹を期する。もし文部省が、殊に新任の荒木文相が御同感下さって、昭和十四年度使用の小学国語読本からこの章を削除する、もしくは、削除するよう尽力するという意思表示を、何らかの方法でお与え下さるならば実に望外の幸である。しかし、政府とか何々省とかいう立派な役所の責任者が、一臣民に対し、そういう交渉は持ち得ないというような不文律でもあって、そのままに過されるならば、いうにも足らぬ微力ではあるが、私はこの要求を何とかして継続してゆかなければ、私の臣民としての良心がすまない。

もっとも、必ずしも文部省でなくてもよい。どなたでも、たとえば島津久基《ひさもと》博士の如く、

この度巻十一の一課として源氏物語が採択せられたことは、この大傑作の存在を、そしてこの名小説を祖国が所有している高い誇を、初めに日本小国民の胸裡に明確に刻ませる事に於て、尊い成功を齎《もたら》さずに措《お》かないと信ずる。そして今後やがて彼等が成人しても、この作に対しての正しき認識を持つに至るを疑わない。かくて、ややもすれば不当に蒙らされがちの不名誉からも、必ずや源氏物語と日本自身とをおのずから救うに十分であろう。敢えて本巻中の最有意義、最生彩ある一課と断ずるを憚らない。(国語教育学会編、小学国語読本綜合研究巻十一上冊　六六)

と、此《こ》の一課に対し最高の讃辞《さんじ》を呈しておられるような方《かた》が、私の考の誤っていることを教えて下さって、私になるほどと合点がゆけば、私は率直に不明を謝して、この削除要求を打切ること勿論《もちろん》である。そうなる事はこの問題の結末として最も望ましい。ただ一国語教員 某《なにがし》なる愚か者が平地に波瀾《はらん》を起さんとした笑止千万な一喜劇として

事がすむからである。

しかし、私は再言する。源氏物語の枢軸を成す藤壺中宮対源氏の君の関係は、大不敬の構想であり、この物語を国定教科書が賞揚し紹介するのは断じて不可である。恐らく私のこの確信に誤はあるまいと。

伝統・小説・愛情

折口信夫

明治時代から昭和時代の民俗学者・国文学者・歌人。一八八七—一九五三年。歌人としての号は釈迢空。柳田國男の高弟として日本の民俗学の基礎を築いた。

折口信夫《おりくちしのぶ》による評論で、初出は『群像』第三巻第一号（一九四八年一月）に掲載された。

物語には昔物語と今物語とも言うべき二つの流れがあるという。『源氏物語』は昔物語ではなく、帚木《ははきぎ》巻冒頭で「光る源氏　名のみことごとしう……」と書き出す親近感は、過去の人を語る物言いではないと折口は指摘する。源氏の存在を読者が身近に感じるような文体について、「そらぞらしさのおかしみ」があると評する。

後半は若菜下巻を例に、『源氏物語』の書き方をさらに考察する。朱雀院《すざく》の五十賀にあたり、源氏は試楽を六条院で行った。源氏の妻女三宮と密通した柏《かしわ》木衛門督《ぎのえもんのかみ》も、罪の意識による苦しさをおして参加した。試楽の後の宴席で源氏は柏木に何度も盃《さかずき》を強いる。折口は、「源氏読みの人々からは、円満具足した人格のように見られている源氏が、こう云う残虐を忍んでするのだ」と言う。柏木の体調は一層悪化し、ついには亡くなる。源氏は若君（薫）出生の秘密（「俗世間へ落ちこぼれ易い知識」）を知る柏木をどうしても除かねばならぬと考えたであろうと折口は推測し、「源氏物語に書かれぬ光源氏自身の心は、源氏読みの人々の心に伝えられた理会のしかたで、奥邃《オクブカ》い二重表現の効果を遂げるのである」と読み解く。

◇◇◇

全然、人に知られなかった人の上や事実について語るのと、世に周知せられた人々の身について言うのと、これが物語の二つの流れであった。一つは昔物語であり、今一つは今物語とでも名づくべき型をつくって居る。此《この》二つの名称は、古くから呼び馴《な》れているが、必しも正確に、私の言うようには使って居ず、極めて自由な用途を持って居る。だが、こう言う風に物語の類型を整理しておくのが、正しくもあり、都合よくもあると思うから、そうするのである。

今の世語りでないが、今から然《さ》のみ遠くない、其《その》事件・行為の影響印象のまだ残って居ようという時期について語るものが今物語、「昔」と言い、「むかし昔」と言い、或《あるい》は又「いつの世にかありけむ」など言い起すもの、又稀《まれ》に其《それ》を失って居ても、その物語の内容が、毫《ごう》も現代に関係のないと謂《い》った場合は、昔物語になるのである。だから今物語とも言うべきものには、如何《いか》にも語りてが物語の人物に近づきらしい表情が出て来る。又、聴きてまでも、仲間にひきこんだようなもの言いをすることが、度々ある。伊勢・大和《やまと》など言う物語は、昔物語と、今物語と両方共に、収めた書き物である。

それも、大和物語は極端で、近代物とも言うべき今物語は、むやみに身に近く、昔物語なる古典物は、遥《はる》かに時代離れがして感ぜられるように、書き分けている。伊勢物語は、其程でないが、昔物語らしい部分は、人も事件も、何やら薄霧を隔てた感じを持っているが、宮廷生活や、其に近しい公家《クゲ》の事件を書いたものは、如何にも現代であり、近代のことであるような気持ちが溢《あふ》れている。

源氏物語などは、決して昔物語ではない。だからあの物語の中には、「昔物語にはこんなこともあるが……」だの「昔物語に見たような気がする……」など言う風に書いている部分があって、其は茫漠《ぼうばく》とした、空想の時代を指すことになっている。時代がうんと降《くだ》れば、浮世物語と言うようになって行く類《たぐい》の色好みの物語は、皆此「今物語」に属するもので、昔物語ではないのである。つまり人情小説は、近代物だということになるのだ。あの「光る源氏　名のみことごとしう……」と書き出した親近感は、過去の人を語る物言いではなかった。「あなた方も御存じの例の源氏という方は」と言った、なじみ深さを其生活に持った言い方なのだ。物語だから何でも過去の世界を書き、過去のこととしてうけとるべきものだときめて居るのはよくない。今の人は、昨日でも過去、去年おとといでも過去と感じるが、その論理感の元なる文法だって、そうまで近い過去を、過去扱いしなかったものである。叙事的な物語は、初めからしまいまで、過去ばかりでものを言わねばならぬことになる――そう言う単調な行き方というものはあるべきではない。我々のいう近代に当る時代は、大抵「今」の領分に入れて考えてよかったのだ。だから物語の数の殖えた後世には、中世とも言うべき昔を「中ごろのことなるに」と言ぅて、大昔に対せしめている。そう言ぅ場合でも、近代は、一切「近き世」「近ごろ」と言ぅ表現で、「今」と大した区画はおかないで居る。だから光る源氏が、今夜でも家の築地垣《ついじがき》の外を、忍びの車を軋《きしら》して来そうな錯覚が起りがちであった。其頃の物語に憑《ツ》かれた女たちは、胸とどろかしてよんだものである。

「名のみことごとしぅ言ひけたれたまふ」とか、「軽びたる名をや流さむ、と忍びたまひける隠ろへごとを」と言っていても、別にそんなに弁護しようとしているのではない。そうした擬態《ポウズ》をつくることによって、親近感を十分に出している訣《わけ》である。ほめもけなしもした訣ではない。こうした文体をつくるのが、物語文殊《こと》に今物語の行き方なのであった。

こう言ぅ文体の持って居るそらぞらしさのおかしみは、こう言ぅ古典になじみのない人にも、文学の持つある種の普遍性だから、通じることと思ぅ。

……老いたまへる上達部《カンダチメ》たちは、皆涙おとしたまふ。
主人《アルジ》の院《キン》、

すぐる齢にそへては、ゑひなきこそとどめ難きわざなりけれ。衛門督《エモンノカミ》心とどめてほほ笑まるる、いと心はづかしや。さりとも、今暫しならむ。逆さまにゆかぬ年月《トシツキ》よ。老いはえのがれぬわざなり。

とて、うち見やりたまふに、人よりけに、真摯《マメ》だち屈《ク》して、まことにここちもいと悩しければ、いみじき事も、目もとまらぬここちする人をしも、さしわきて空《ソラ》酔《エ》ひをして、かくのたまふ。たはぶれのやうなれど、いとど胸つぶれて、盃の廻り来るも、頭いたく覚ゆれば、けしきばかりにてうちまぎらはすを、御覧じ咎めて、持たせながら度々強ひたまへば、はしたなくてもてわづらふ様、なべての人に似ずをかし。……暫しの酔ひのまどひにもあらざりけり。やがて、いといたくわづらひたまふ。

「若菜下」の末の方の章である。

源氏は、第三の北の方とも言うべき女三宮《オンナサンノミヤ》に、あやしく狎《な》れてしまった柏木衛門督《カシワギノエモンノカミ》の手紙を発見して以来、心一つにおさめて、人々に語らず、静かに注視することを忘れなかった。十二月になって、朱雀院《スザクイン》ノ上皇の五十賀《ガ》を行うに先だって、試楽を六条院で行うた。柏木はひどく煩って居るように言って、参加しないことにして居たが、父太政大臣《だじょう》も、ひねくれているように思われてもよくないと励すので、苦しさをおして、その六条院であった試楽に出ることになった。今日は、こうした試楽の日だが、源氏の系統の若い貴公子たちの舞があって、皆感動した直後のことである。

年のふけて居られる上流の公家たちは、皆感涙を落された。主人役の六条院は、こう言い出された。

どんどんとって行く年齢《トシ》につれて、酒のあとの酔い泣きは、なかなかとめられなくなって来るものだ。衛門《エモン》の督《カミ》が、おれの方を念入りに注目していて、にこにこせないで居られぬと言うふうにしているのが、何だか気のひけることとよ。其にしても、そう言うこともほんの今《モウ》ちょっとの間だろう。誰しも願うとおり、逆さまにとって行ってくれぬ年月だもの。年よると言うことは、脱却出来ぬことだものな……。

と言って、柏木の方へ視線をおよこしになるので、外の人から見ると、ずっときちんとした風を崩さず、むっつりして居て、――其から此は個人的な話だが――、気分もひどく苦しくなって来たので、今日のとても結構な行事も、印象が残らないような気分で居るこの人をば、選りに選って、相手にしてかかり、生酔いの風をして、こんな風におっしゃる。それは、じょうだんめいた風にしていられるのだけれど、場合が場合だからひどくどきりとしてしまって、――自分の前に盃のまわって来るのすら、頭にひびくように感じるので、ほんの形式だけですまして居るのを、源氏が見とがめなさって、盃を手から手へお持たせになったままで、幾度も重ねて強いられるので、あげもさげも出来ないで、処置に困っている様子、平凡な身分の者の場合とは違うのだから、其だけに又、そうした様子が、人の心をひく。……だがそれは、一時的なわる酔いのせいだと思ったが、そんなことではすまなかった。そのまま、ひどく病いづいて、お苦しみになる。……

若い北の方を竊《ぬす》んだ男――勢力の対立した親族の家の後継者――に対して、これが源氏のしたことなのだ。源氏読みの人々からは、円満具足した人格のように見られている源氏が、こう云う残虐を忍んでするのだ。ところがまだまだこんなことではすまなかった。此がもとで、柏木衛門ノ督はとうとう死んでしまうのである。若い恋敵をそう云うところまで追いこんで、凝視をやめない。そうした態度を、静かに持ち続けただけではなかった。三ノ宮の方も出産の苦しみに堪えられなかったにもよるが、源氏を恐れて出家しようとする。其を源氏はただ通り一ぺんの挨拶《あいさつ》で、不賛成を示したばかりであった。結句三ノ宮は尼になられる。御室《オムロ》から、我が子の初産を看《み》る為に来られた朱雀院ノ上皇と三ノ宮と。限りなく貴くて、美しい親と子と。唯《ただ》才能の著しく欠けている所のある二人の貴人が、大事件の前におろおろして居られる。其も源氏は、唯一とおりの形の上の悲しみだけで見送って居るのである。

この物語の作者は、昔から女性だとの推定が、動かぬものとなっているが、これが、脆弱《ぜいじゃく》な神経では書ける訣のものではない。

古来光源氏を愛した人々は、文章にたといそうなって居ても、そうは読まなかったのである。其をここまで負けないで、書きとおしている。えらいものだと思う。平安朝の物語には、書き方によって、反語的効果を持つと言おうか、二重表現があるので、此特殊な文体は、読み馴《な》れれば、馴れて直に流れ入るようにうなずける気分を持って書かれている。そうした階級に発生した表現法が、小説の一つの姿態を作っているのだ。

源氏にとっては、憎くて憎くてならぬのである。ことし四十であるが、今もちっとも形は衰えて居ない。其を誰よりも一等よく知っているのも、源氏自身である。臣籍に降ってはいるが、上皇に準ずる待遇を受けて居る自分だ。それに、位置・才能・教養から言っても、自分の足もとにもよりつけぬ男が、唯若いと言う一点だけで、一度だって人に遜色《ヒケメ》を感じたことのない自分から、愛を盗んで行った。こう考えることのくちおしさ。しみじみと年をとったと言うことのあじきなさを、感じさせられた腹立たしさ。第一、この美しい昔のままで、而《しか》も更に成熟した閑雅なおれの容貌《ようぼう》が、どうなるのだ。あまつさえ、そう言う憤りを表白することの出来ぬ自分——、さしあたって当然守らねばならぬのは、皇女出の北の方が生んだ若君は、思いがけなくも自分の胤《たね》でないと言う秘密であった。どんなことがあっても、自分だけの知った秘密として、おし通さなければならない。其を知ったものが、自分と北の方との外の一人があった。衛門ノ督だ。そうした俗世間へ落ちこぼれ易い知識は、どうしても除かねばならぬ。人ごとであっても、源氏は、そう言う事の為の努力はするであろう。此こそ、やまとの国の貴人の共同に保って行かねばならぬ所の外的儀礼——みさおであった。怒りでもない。元より嫉妬《しっと》でもない。此ではやまとの国の貴人のみさおが、どう維持せられるのだ。そう考えることから、名状出来ぬ怒りが、心の底に深い嫉妬を煽《あお》り立てて来る。計画をせぬ、美しい心のままに動いた青年以来の、又壮年になっても変らぬ純な心動きが、今もそのままに、源氏の心をおし動かして、思いはかったような形に、事を導いて行った。運命が事を牽《ひき》いているのではない。源氏自身が、すべての運命を、展《ひら》いて行っているのである。而も、その運命、源氏自身の為の、柏木の為の、三ノ宮の為の、恐しい兆しが、源氏が予期していたかのように、段々形を備えてゆく。柏木の人生の鍛えを経ぬ弱い心は、彼の身を滅してしまう。三ノ宮は、咲きながらしぼんで行く牡丹花《ぼたんか》のように、美しい位置から姿を隠して行く。そうして再、何事もなかった、林泉のように、枝も動かさぬ静けさに還《かえ》る。漣《さざなみ》も立たぬ無表情な貴い家庭ののどけさが来る。

源氏物語に書かれぬ光源氏自身の心は、源氏読みの人々の心に伝えられた理会のしかたで、奥邃《オクブカ》い二重表現の効果を遂げるのである。こうした運命に対して、絶対に能動の地位に立つ貴人、而も底知れぬ隠忍の激情に堪えている巨人――之《これ》を若《も》し忍んで書きとおす女性があれば、恐しいことである。

源氏も、成熟しきった時期は、紫式部が書いて居るのではない、と私などは信じている。貴族宮廷の生活を書いても、ばるざっくは、瞬間も、その貴人たちに対して、冷笑や苦笑を忘れる事がない。貴族の生活を批評する計画を持って、貴族の生活を描写していると謂った、彼の目的を感じさせる。

源氏は貴人の持つみさお——儀礼的外貌を毀《コボ》つことなく、寛大に、清澄に、閑雅に、この世を過ぎて、而も世の人々のするような劣情も、険怪《けんかい》も、執著《しゅうじゃく》も、皆心のままに遂げて行った人の蹤《アト》を、其ままに伝えて行っている。

昔の人の計画なき計画が、希望せぬ希望によって、まざまざと実現して行った姿を書いて行くのが、平安時代の物語の描写法であった。殊には其が、この事を考えないでは、其小説として持っているよろしさも、たのしさも、殆《ほとんど》、空虚なものになってしまう源氏の文体にある、物語の姿なのである。

にくまれ口

谷崎　潤一郎

明治時代から昭和時代の小説家。一八八六―一九六五年。初期は耽美主義と称されたが、多彩な筆致で数多の作品を世に出した。『痴人の愛』『春琴抄』『細雪』など。

『源氏物語』を三度現代語訳した谷崎潤一郎による随筆。中学生の頃の『源氏物語』読書体験や、物語中のいくつかの場面についての評が見られる。谷崎の記憶では『源氏物語』を読破したのは一高時代だったという。ちなみに、ちょうど谷崎が在学した頃、一高の国語教科書『高等国文』の訂正版に『源氏物語』が採録された（明治三十九（一九〇六）年）。

谷崎は、作者の紫式部があまり源氏の肩を持ち過ぎ、物語中の神様まで源氏に遠慮して依怙《えこ》贔屓《ひいき》をしているらしいのがちょっと小癪《こしやく》にさわるとしつつも、

「やはりその偉大さを認めない訳には行かない」、「あの物語に及ぶものはない」と述べる。「是非善悪の区別」による読みを退けた本居宣長《のりなが》の「物のあわれ」の説は卓見だという。

旧訳と呼ばれる一度目の『潤一郎訳源氏物語』（昭和十四（一九三九）―十六年）では、藤壺《ふじつぼ》との密通場面が時局を憚《はばか》って削除された。ここにはそのことへの言及はないが、文学においても再び「是非善悪の区別」が声高に叫ばれた時代を経ての所感も含まれているのかもしれない。

また、末尾には「昔鷗外《おうがい》先生は「源氏」を一種の悪文であるかのように言われたが」とあるが、これは鷗外が与謝野晶子『新訳源氏物語』に寄せた序文のことを指すと思われる。東京大学総合図書館鷗外文庫には鷗外旧蔵の横本『絵入源氏物語』（万治三（一六六〇）年刊、改装）が残り、一部の巻に鉛筆書による語義の書き入れが見られる。

◇　◇　◇

私の小説「鍵《かぎ》」を英語に訳して下すったハワード・ヒベットさんはハーバード大学で日本文学を教えておられるが、去年の秋から御夫婦で日本に遊びに来られて今年いっぱいくらいは滞在しておられるという。「鍵」の英文はなかなかの名訳だという評判で、私は夙《つと》に氏の名を耳にしていたが、お目にかかったのは今度が初めてであった。ところでその時のことであるが、談話がたまたま「源氏物語」に及んだ時、アメリカの学生は一般に光源氏よりも女主人公の紫の上を愛している、光源氏はあまり好かれていないらしいとヒベットさんは言った。女性を尊重する国のことであるから、自然女の方の味方をする人が多いのかも知れないが、われわれ日本人はどうであろうか。日本の源氏愛読者を男女両性に区別して見ると、少くとも現代では、やはりアメリカの読者と同じような結果になるのではなかろうか。

私が初めて源氏を読んだのは中学校の四、五年生頃、まだ与謝野夫人の現代語訳も出ていなかった時分ではなかったかと思うが、それでも分らないながら「湖月抄《こげつしょう》」の注釈を頼りにして読んだ。勿論《もちろん》最初は終りまで通読する根気はなかった。何度か通読しようとしては中途で放擲《ほうてき》し、ようよう兎《と》も角《かく》も読み終えることが出来たのは一高時代であったと記憶する。しかし「帚木《ははきぎ》」の終りの方で、源氏が空蟬《うつせみ》の閨《ねや》に忍び込むところは最初に読んだ時から少からず動かされた。ああいうきわどい場面を、あれまでに艶《つや》っぽく、そうして品よく描写することができるのは、たいした手腕であると思った。が、あの場面で、源氏が空蟬を口説く言葉にこういう文句がある。――

「あまり突然のことですから、ふとした出来心のようにお思いになるのも道理ですが、年ごろ思いつづけていました胸のうちも聞いていただきたくて、こういう折をようよう摑《つかま》えましたのも、決して浅い縁《えにし》ではないと思って下さいまし」

（以下「源氏」は私の「新々訳」による）

この空蟬という女は源氏よりはずっと地位の低い或る地方官の妻で、主人は田舎に出張しており、自分だけ京都の家に来ているところへ、源氏が偶然方違《かたたが》えのために泊めて貰《もら》いに来ている折の出来事なのである。源氏は前からこの空蟬という女を知っていた訳ではない。名前ぐらいは知っていたかもしれないが、夫を田舎に置いて、自分だけ京都に来ていることも、今この家に寝ていることも、ここへ来て見て初めて知ったに過ぎない。彼が空蟬を評して「格別すぐれているという点はないが、見苦しからずもてなしていた様子などは、中の品とすべきであろうか」と言っているのを見ると、非常な美人というのではないらしいのだが、それでいて妙に色気のある女のように描かれているのはさすがである。源氏の年齢は当時十六、七歳である。いかに地位の高い身だからといって、夫のある女の閨《ねや》を襲って我が物にするとは乱暴であるが、それよりも「あまり突然のことですから云々《うんぬん》年頃思いつづけていました胸のうちも聞いていただきたくて」こういう折を摑《つかま》えたのです、決して浅い縁《えにし》とは思わないで下さいと言っているのはどうであろうか。こんな言葉は女を口説く常套《じようとう》語であるが、高貴に育った、未《いま》だ世馴《よな》れない筈《はず》の青年の言葉として、あまりいい感じを持つ訳に行かない。あの頃の青年は今の人よりませていたかもしれないが、こんな出まかせの嘘が咄嗟《とつさ》の間に口から出るのでは、何となく年に似合わぬ擦れっからしの若者という感じがする。空蟬ばかりか、空蟬と間違えて不思議な縁を結ぶことになった軒端《のきは》の荻《おぎ》にまで、小君《こぎみ》を使にして「死ぬほど焦《こが》れている私の心がお分りでしょうか」と言ってやったり、「ほのかにも軒端の荻をむすばずば」の歌を丈の高い荻に結いつけて「こっそり持って行け」と言ってやったり、もしあやまって、彼女の夫の少将が見つけて私であったことを悟ったとしても、まさか許してくれるであろうと言ったりしている。亭主に知れても此方《こちら》の地位が地位であるから大したことはあるまいとたかをくくっている「己《うぬ》惚《ぼれ》のお心こそ、何とも申しあげようもありません」と作者は書いているが、まことにその通りである。

こういう恋のいたずらは若い時分には誰にもありがちのことであるし、まして源氏のような貴族の青年であってみれば仕方のないことであるから、それだけならば深く咎《とが》めるにも及ばないかも知れないが、源氏の場合は当時別に大切な人を心に思ってい た筈である。同じ「帚木」の巻《まき》に、源氏が隣りの部屋から源氏の噂をする人々の話し声を洩《も》れ聞くところで、「君は恋しいお方のことばかりが心にかかっていらっしゃるので、まずどきりとして、かような折に人がその噂を言い出したりするのを、ひょっと自分が聞きつけでもしたら……」という一節がある。藤壺と源氏との関係はいつごろからかはっきりしないが、ここにいう恋しいお方とは藤壺を指しているのであろう。

そういうお方のことばかりが心に懸っているという一方で、空蟬や軒端の荻や夕顔などに手を出すというのからして理解しかねるが、それはまあ許すとしても、ほんの偶然のめぐり合わせでゆくりなく縁を結んだ女どもを捉《とら》えて、「年頃思いつづけていました」とか、「死ぬほど焦れていた」とかいうようなお上手を言うのは許し難い。いかに時代が違うからといって、藤壺のような重大な女性を恋しながら、ふとした出来心で興味を持っただけに過ぎない通りすがりの女に向って、いとも簡単にあなたを思いつづけていたとか、死ぬほど焦れていたとか、言う気になれるものであろうか。そんなことが冗談にも言えるとすれば、それは藤壺というものを甚しく侮辱することになる。源氏物語の作者は光源氏をこの上もなく贔屓《ひいき》にして、理想的の男性に仕立て上げているつもりらしいが、どうも源氏という男にはこういう変に如才のないところのあるのが私には気に喰《く》わない。

源氏の君は本妻の葵《あおい》の上とは性が合わなかったらしい。「何だかこちらが気が引けるくらいとり澄ましているのが物足りない」と、正直のことを言っている。しかし葵の上の周囲には、中納言の君だとか中務《なかつかさ》だとかいう「すぐれて美しい若い」女房たちが仕えているのだが、こういう女たちには平気で冗談などを言っている。冗談だけでなく、足腰をもませたり、時にはそれ以上のことを行って、これらの女房たちを喜ばすこともあったらしい。

六条御息所《みやすどころ》との関係はいつ頃からのことか、これも葵の上に劣らないほど因縁の深い間柄であったらしいが、「夕顔」の巻に、

中将という女房が、御格子《みこうし》を一間《ひとま》上げて、見送ってお上げ遊ばせという心持で御《み》几帳《きちょう》を引き上げましたので、女君（六条御息所）は頭をもたげておもての方を御覧になります。と、前栽《せんざい》の草花《くさばな》の色とりどりに咲き乱れている風情を、見過しか

ねて佇《たたず》んでいらっしゃる御様子が、全く類《たぐい》がありません。そのまま廊《ろう》の方へおいでになりますので、中将の君がお供します。これは紫苑色《しおんいろ》の衣《きぬ》の、季節にふさわしいのを着て、羅《うすもの》の裳《も》をあざやかに引き結んだ腰つきが、たおやかになまめいているのです。君は振り返って御覧になって、隅《すみ》の間《ま》の勾欄《こうらん》の下《もと》にしばらくお引き据《す》えになります。用心深くもてなしている体《からだ》のこなし、髪の垂れ具合などを、眼の覚めるようなと、感心して見ていらっしゃいます。

「さく花に移るてふ名はつつめども
　折らで過ぎうき今朝《けさ》の朝顔

どうしたらよかろう」と、手をお取りになりますと、馴れたもので、すぐ口早《くちばや》に、

　朝霧のはれまも待たぬけしきにて
　花に心をとめぬとぞみる

と、わざと主人《しゅじん》の事にして申し上げます。

という一節がある。するとこの中将という女房も、葵の上の女房たちと同じように扱われていたらしい。「折らで過ぎうき今朝の朝顔」と源氏が言って、彼女を勾欄《こうらん》に引きすえて暫《しばら》く躊躇《ちゅうちょ》していると、女の方は心得たもので「花に心を留めぬとぞ見る」

と、朝顔を御息所のことにして上手にその場を外してしまう。御息所の見ている前でさえ、こういう所作を演じるのである。恋人であろうが、ほんのゆきずりの女であろうが、誰を摑えてもこんな冗談をするのが源氏の癖である。そんな風にされて喜んでいる女房も女房なら、御息所も御息所である。

「源氏物語」は勧善懲悪を目的にして書いたものではない、物のあわれということを主にして書いた読み物であるから、儒学者の言うような是非善悪の区別をもって臨むのは間違いである、物語の中の人物の善し悪しは自《おのず》ら別で、儒者心をもって測ってはいけない、という本居翁《もとおりおう》の説は卓見であるとは思う。しかし今挙げたような上手口を叩《たた》く男は今の世にも沢山いて、どういう物指《ものさし》をもって測っても、感心する訳には行かない。自分の父であり、一国の王者である人の恋人と密通しているということは、「物のあわれ」という眼から見れば同情できるでもあろう、まあそこまでは許せるとしても、そういうものがある一方で簡単に別の情婦をこしらえたり、その情婦に甘い言葉をかけたりするということは、どうも許せない気がする。私はフェミニストであるから、余計そういう気がするので、これらの男女の関係が逆であったら、それほどにも思わないのかも知れないが、「源氏」を読んで、いつも厭《いや》な気がするのはこの点である。

この外にも朧月夜《おぼろづきよ》の内侍《ないし》という女性がいる。この女性も源氏の腹違いの兄である人の思い者、そしてこの兄も亦《また》父の跡を継いで王者となった人であるが、源氏はこの女性とも不義をしている。その不義の現状を彼女の父の右大臣に発見されるところで、作者はこんな書き方をしている。

……（右大臣は）ひょいと気軽にはいっていらしって、御簾《みす》をお引き上げになりながら、「昨夜はどうでした。えらいお天気だったので、心配しながらつい参らずにしまいました。中将や宮の亮《すけ》などはお側《そば》におったことでしょうね」などとおっしゃいますのが、早口で、軽率なのを、大将の君（源氏）はこんな際《きわ》どい場合ですが、ふと左大臣と比較するお気におなりなされて、言いようもなくおかしくお感じになります。本当に、中へすっかりおはいりなされてから仰せになったらいいでしょうに。

源氏贔屓の紫式部は、ここでも不義者源氏の方の味方をして、父の右大臣は軽率であるとか、中へすっかり這入《はい》ってから話しても済むことだなどと、言わないでもいい憎まれ口を利いている。そしてこの事件が発端となって源氏は須磨へ流される。可笑《おか》しなことには、源氏は須磨へ流されてからも次のような歌を詠んでいる。

雲近く飛びかふたづも空に見よ
　われは春日《はるび》のくもりなき身ぞ

又

八百万神《やおよろず》もあはれと思ふらん
　をかせる罪のそれとなければ

「自分は春の日の日光のようにくもりのない身である」とか、「自分はこれという犯した罪もない身であるから、八百万の神々も定めし可哀そうと思ってくれるであろう」とか言っているのは、本心でそう思っているのか知らん？　それともこの場合、明石の入道や明石の上の手前を慮《おもんぱか》って口を拭《ぬぐ》っているのか知らん？　前者だとすれば随分虫のいい男だし、後者だとすればしらじらしいにも程がある、と言いたくなる。我が身の過去を振り返って見れば、「犯せる罪のそれとなければ」などという言葉が言えたものではない筈である。いや、そう言えば、もう人界の人ではなく、天に帰っておられる筈《はず》の桐壺《きりつぼ》帝までが、次男坊の源氏の罪を責めないで、次男坊に勝手な真似をされた長男の朱雀《すざく》院の方を、夢に現われて叱ったりされている。

源氏の身辺について、こういう風に意地悪くあら捜しをしだしたら際限がないが、要するに作者の紫式部があまり源氏の肩を持ち過ぎているのが、物語の中に出てくる神様までが源氏に遠慮して、依怙《えこ》贔屓《ひいき》をしているらしいのが、ちょっと小癪にさわるのである。

それならお前は源氏物語が嫌いなのか、嫌いならなぜ現代語訳をしたのか、と、そういう質問が出そうであるが、私はあの物語の中に出てくる源氏という人間は好きになれないし、源氏の肩ばかり持っている紫式部には反感を抱かざるを得ないが、あの物語を全体として見て、やはりその偉大さを認めない訳には行かない。昔からいろいろの物語があるけれども、あの物語に及ぶものはない、あの物語ばかりは読む度毎に新しい感じがして、読む度毎に感心するという本居翁の賛辞に私も全く同感である。

昔鷗外先生は「源氏」を一種の悪文であるかのように言われたが、思うに「源氏」の文章は最も鷗外先生の性に合わない性質のものだったのであろう。一語一語明確で、無駄がなく、ピシリピシリと象眼をはめ込むように書いて行く鷗外先生のあの書き方は、全く「源氏」の書き方と反対であったと言える。

源氏物語と私

湯川秀樹

昭和時代の理論物理学者。一九〇七—八一年。原子核内部における中間子の存在を予言し、一九四九年に日本人として初めてノーベル賞を受賞した。

湯川秀樹は『源氏物語』を読み進めるうちに、「物語のつくりだす一種不思議な雰囲気の中に、すっかり包みこまれ」、「今もなお、ほのかな、しかし他にくらべようのない香気を、心の片すみにただよわせ続けている」という。それでいて、乙女（少女）巻に見られる博士たちの戯画的描写を例に、「ところどころ、わさびのよくきいた美味」でもあることを指摘している。

この乙女巻についても「夕霧の大学入学や試験の話があることを教えられ」たとあるように、文中で京都新聞の「源氏物語を歩く」という連載記事に何度か触れられているが、この文章の初出は、連載が一冊にまとめられた京都新聞社編『源氏物語を歩く』（光風社書店、一九七三年）の序文として書かれたものである。「あとがき」によれば、連載は朝刊に毎週一回、昭和四十四（一九六九）年七月から翌年九月まで続いたという。

湯川が自作の歌に対して「彼女に笑われる種をつくっただけかも知れない」として「ややもせば腰はなれぬばかり折れかかりたる歌をよみいで」（どうかすると上の句と下の句が離れてしまいそうな腰折れ気味の歌を詠み出し）云々《うんぬん》と引用しているのは、『紫式部日記』における赤染衛門評の一部である。

◇　◇　◇

私が小学生だったころ、女学校を卒業して国語漢文専攻科に通っていた姉が、家に帰るとノートを整理し清書していた。のぞいてみると、きれいな字で、緑色のインキと茶色のインキを使って書きわけられていた。源氏物語の講義のノートだと聞かされた私は、それは女だけの世界の話で、男の児には何の関係もないと思った。ずっと後になって、あの難解な原文を、よくわからぬままに、とにかく読んでみることにした。なかなかなじみにくいのを辛抱して読み進んでゆくうちに、いつしか私の心は、この物語のつくりだす一種不思議な雰囲気の中に、すっかり包みこまれていた。一度こういう経験をしたあとは、何年たっても、この雰囲気が消えてしまうことはなかった。今もなお、ほのかな、しかし他にくらべようのない香気を、心の片すみにただよわせ続けている。この物語が世に出てから千年近い長い年月の間に、非常に多くの人が、こういう経験をしてきたに違いない。

しかし、所詮《しょせん》それは虚構の世界だと割切ってしまえば、この物語の巻々《まきまき》に登場する人物のモデルをせんさくしたり、彼らの活動する舞台と、洛中《らくちゅう》洛外の特定の地点とを対応させたりすることなど、全くどうでもよいことになる。そういう先入観をもっていたせいか、京都新聞に「源氏物語を歩く」が連載されだしてから、最初しばらくは、私の注意をひかなかった。

ところが四、五回目ごろから気がついて読みだしているうちに、だんだん面白く思うようになってきた。それというのも、満一歳から今日にいたるまでの六十年あまりの大半を、私は同じ京都の町なかでも、紫式部にゆかりの深い地域で暮してきたことを、改めて感じさせられたからである。

いま住んでいる家は、下鴨神社に近く、葵《あおい》祭のころなど、自然と平安の昔がしのばれる。幼年期から青年期にかけて、御所の東側、あるいは北側の家々を転々としていたが、中でも小学生時代は、寺町通を広小路から染殿町《そめどのちょう》の京極《きょうごく》校まで、毎日通っていた。数年前に、この通路に面した廬山寺が、紫式部の住居の跡として公開されるようになってから、そこを訪れて、

紫のゆかりは知らず寺多き
　道ゆきかひし少年の日々

という腰折れを作ったりしたが、それこそ、

「ややもせば腰はなれぬばかり折れかかりたる歌をよみいで、えも言はぬよしばみ事しても、われがしこに思ひたる人、にくくもいとほしくも覚え侍るわざなり」

と、彼女に笑われる種をつくっただけかも知れない。

「源氏物語を歩く」を読んでいるうちに、こんなことまで原作に書いてあったのかと、何度か驚かされた。たとえば「乙女」（あるいは「少女」）の巻には、夕霧の大学入学や試験の話があることを教えられて、本文を読みかえしてみると、当時の貴族にとっ

ての学問とは何であったか、ある程度わかって面白かった。漢学に大いに自信のあった彼女は、ここで、ちょっと「学問論」をしてみたくなったのだろう。貴族だけの世界の話といっても、博士たちと上級貴族の子弟たちとの間には意識や生活に大きな隔たりがある。彼女の戯画的な描写は、双方に対する辛辣《しんらつ》な批評になっている。源氏物語は、全体としてほのかな香気をかもしだしていると同時に、ところどころ、わさびのよくきいた美味でもあったわけである。

源氏物語の構造

円地　文子

昭和時代の小説家。一九〇五―八六年。『ひもじい月日』『朱を奪うもの』『女坂』など。一九七二―七三年にかけて『源氏物語』の現代語訳を手掛けた。

昭和四十七年から四十八年にかけて『源氏物語』を現代語訳した円地文子の『源氏物語私見』（新潮社、一九七四年）の一節。刊行は訳業の翌年である。物語の「構造」が話題に挙げられ、長篇の場合には建築的な構成の妙がそのまま作品の魅力になっているわけでもないとして、ドストエフスキイの『カラマゾフの兄弟』や『源氏物語』も建築的見地からはバランスを失したような要素があると指摘する。『源氏物語』については能で言うところの「破《は》の魅力」によって単調に流れることから救われ、バランスを失しているようなところが逆に文学的な魅力になっていると述べる。
いわゆる第一部末巻の藤裏葉《ふじのうらば》巻で幸福な完成を見るはずだった物語の曼陀羅《まんだら》図が第二部冒頭の若菜巻で突如暗転することを例に挙げる。ここでの源氏の描き方については折口信夫と同様に円地も着目しており、柏木《かしわぎ》に対する源氏の憎しみは非常に人間的なものであり、「それまではあくまでも美しく尊いものにされていた源氏が、ここでごく普通の人間に引きおろされています」と指摘する。

妻と柏木の密通を知りながらその秘密を守らざるを得ない源氏は、同じ立場に置かれて初めて、自分が昔継母藤壺《ふじつぼ》と通じたことを父帝も知りつつ黙っていたのではないかと思い至る。円地はこの部分が一番好きなところと記している。

◇◇◇

古典の場合でも、近代文学の場合でも、傑作といわれている短篇は、一般に構成が非常にはっきりしておりまして、起承転結のうまくいっているものが比較的多いと思うのですが、長篇の場合には、建築的な構成の妙が、そのまま作品の魅力になっているというわけでもないように思われます。それよりも作者の個性とか、人生に対する眼とかが、文字や言葉を通して訴えかけてくるその力、説得力とでもいえるものが、やはり魅力の源泉であるようです。訴えかけてくるものがきわめて強いというだけで、構造自体はさまざまな形をとっていても、結局において傑作であることにほとんど異議をさしはさむ余地はないとさえいえるように思えます。構成の破綻《はたん》がそのまま作品のマイナスにつながるということは、稀《まれ》といっていいのではないでしょうか。

たとえばドストエフスキイの「カラマゾフの兄弟」は、現在完成している部分だけでも相当な長篇でございます。私はこの作品を十九世紀文学の最高峰のひとつだと思ってきましたが、最近読み返してみて、これこそ近代人の聖書の読みかたが、最も正確に表現された文学であると改めて感じました。これからも何度でも読んでみたい作品のひとつなのですが、それならば「カラマゾフの兄弟」が完結した作品であるか、構造の上で完成しているかといえば決して完結した作品ではありません。

ご承知のように、作者はアリョーシャという、宗教心の篤《あつ》い、正義感の強い見事な青年を主人公にしているわけですが、しかし今日残されている限りにおいて「カラマゾフ」のシテ方をつとめているのは父親のフョードル・カラマゾフであり、それに長兄のドミトリーや次男のイワン、私生児のスメルジャコフというような、アリョーシャをとりまく人物たちがからんで、父親殺しという極限状態が描かれているわけです。それにゾシマ長老や、コーリャを中心とした少年群が登場し、それぞれアリョーシャに影響を与えます。影響を与えられるのがアリョーシャなのでして、常にアリョーシャは受け身の立場にあり、シテ方の役割はみんなほかの人がつとめている。

ドストエフスキイのノートなどから推して、おそらく彼には「偉大なる罪人の生涯」というタイトルの下に、三部作か四部作かの相当長い小説を書くもくろみがあり、その第一部が「カラマゾフの兄弟」であったろうといわれておりますが、先へいってからアリョーシャが名実ともに主人公となり、革命人として変貌《へんぼう》をとげるという結末の一巻が構想されていたことがたしかにうかがわれます。しかしそれなら、現在私たちの前にある「カラマゾフの兄弟」が、未完成の作品かというと、決してそうではなく、あれだけで十分文学として最高の輝きをもっている。その他にも、建築的見地からはバランスを失したような要素は少なからず宿していますが、あの状態で、「カラマゾフの兄弟」はすでに完成しているといって何の差支えもないでしょう。「源氏物語」の場合にも、建築的に見てバランスがとれ、完成した形につくられ、しかもそれがおしまいまでうまくいっているとは、私には思えないのです。

一方では、「源氏」は短篇の集積である、連作形式で書き継がれたもので、最初から長篇としてもくろまれた作品ではない、というような見解もあるようですが、しかし、やはり「源氏」には一本の太い流れがあり、その流れに沿って物語は進められている。それでいて作者の筆は、紆余《うよ》曲折を繰り返しながらさまざまな動きを見せています。その構造も、平安朝の寝殿造りのように、左右の対《たい》の屋《や》があり、中門があり、というような、一定のシンメトリカルな図式を見せているものではない。もっと自然な風景を頭に描いておいていいような造りではないかと思うのです。

昔の人は何事も何かになぞらえてみなければ、なんとなく安心できないようなところがあったのではないでしょうか。「源氏」という作品がそれほど大きく、また深いものをもっていたためだと思うのですが、たとえば「源氏物語」は、天台六十巻の経文の心をうつしてつくられたものであるとか、紫式部は観音菩薩《ぼさつ》の化身であって、化身であったからこそ、ああいう人間ではつくれないようなすばらしい物語がつくり出せたのであるとか、また反対に、式部は人間の心の底までえぐり出すような物語を書いたために、地獄に落ちて苦しんでいるとかというような伝説まで現われてきました。

しかしこれは、非常に多くの人に読まれ、愛され、そして生き耐えてきた物語が、宿命的に具《そな》えている副次的な性質だと思えばいいので、こういうことは日本に限らず、たとえば中国にも、「水滸伝《すいこでん》」の作者は「水滸伝」を書いた罰で唖になったという伝説があるそうです。物語を書いた、書かれた物語が人に影響を与えた、ということが、反動として罪の深さというような感覚を呼び起し、後代にまで伝えられていく、というのが大きな作品の特徴でもあるように思われます。

構造論からは、少し脇道へそれてしまいましたが、要するに「源氏」の構成とか構造とかを、あまりきびしく縛って考えることはないと思うのです。源氏を中心とした曼陀羅《まんだら》図を考えてみるくらいのことで十分なのです。しかしその曼陀羅図も、最初の構想どおり、最後までうまくいっているわけではありません。

六条の院が出来上り、娘の姫君も入内《じゅだい》して東宮の妃となり、養女の玉鬘《たまかずら》も人妻となる。息子の夕霧は太政《だじょう》大臣の娘と長い恋仲がかなって結婚、まず一族が繁栄のうちにひとかたついた「藤裏葉」で、この曼陀羅図は幸福な完成を見るはずだったのです。ところが実際には、そうはいかなくなってきた。書き始めたときの作者は、源氏に幸福な晩年を送らせることで終りを告げようと思っていたかもしれません。しかし、少なくとも、藤壺との密通によって密《ひそ》かな子どもが生れ、その子が次の天皇になる、というところまで書き進めてきた作者には、暗い秘密が源氏の心に影を射したままその栄華を終らせることは、もう出来なくなっていたのだと思います。

そこで、正篇の第二部にあたる「若菜」以下には、いままで全然出てこなかった、源氏の兄朱雀院《すざくいん》の皇女である女三の宮が登場し、源氏はこの人を正夫人として迎えることになる。その女三の宮が、源氏の従兄子《いとこご》にあたる柏木と、かつて源氏が藤壺と通じたような密通事件を起し、のちに宇治十帖《じょう》の主人公となる薫《かおる》を生む。これが、源氏の心に初めて重い手傷を与えます。

あらゆる女に愛されることで自負を傷つけられることなく生きてきた一世の驕児《きょうじ》が、自分には及びもつかないと思っていた青年、さほどすばらしいとも思っていなかった柏木に、これもまるで幼児のようにあどけない自分の正妻を奪われてしまうという、非常に恥ずかしいコキューの立場に立たされる。この事件はなんとしても隠しおおせなければ、雪《そそ》ぎようのない恥になる。源氏以上に、内親王である女三の宮の恥になる。そういう破目に追い込まれて初めて源氏は、自分が昔藤壺と通じ、冷泉院《れいぜいいん》を産ませたあのとき、父帝はやはりそのことを知っていながら黙っていたのではないだろうか、その報いが、いま自分にかかってきたのではあるまいか、と考える。

この件《くだり》の柏木に対する源氏の憎しみは非常に人間的なもので、それまではあくまでも美しく尊いものにされていた源氏が、ここでごく普通の人間に引きおろされています。その人間的なもののなかからある調和を見出《みいだ》すところに、晩年の源氏の深さが現われてくるといえましょう。

この部分は私の一番好きなところなのですが、作品構造の点からいうと、初めにもくろまれた曼陀羅図は、この事件をもって無残に切り破られ、全くべつの構想が第二部を生んでいきます。女三の宮には裏切られ、愛妻の紫の上にも先立たれて、憂き世のはかなさをしみじみ味わいながらなかなか現世から出離出来なかった源氏が、遂に一人で出家していく、というところで正篇は終るわけです。

この切り替えが意識的になされたものかどうかにはいくらかの疑問も残りますが、ともかく「若菜」の巻は上下二巻になっており、これだけで全体の十分の一ぐらいあるでしょうか、それほどの紙数を費すことによって、構造の面からはたしかにバランスを破っています。

しかし、能などでも破の魅力ということを申します。調和を保っている美しさのなかにも調和を破る破というものがあるわけで、「源氏物語」もまた、破の魅力によって単調に流れることから救われている、と私は思うのです。

ですから、いたずらに起承転結をつけるとか、バランスをとるとかいうことが、作品の魅力を生むための必要条件ではけっしてないのであって、バランスを失しているようなところが、逆に文学的な魅力になっている、というようなこともいえるのではないでしょうか。

作品全体の構造についてはこれくらいでおき、十世紀から十一世紀にかけて書かれたものでは非常に珍しいと思われる構成として、あの長い小説のなかに、物語のジャンルを超えたエッセイ的な文章が、少しも角々しくなく、自然に流れ込むように入ってきている文章上の特性を見てみたいと思います。

これは、主人公がインテリゲンチャとして扱われていなければ、おそらくできないことだったでしょう。近代小説の場合には、ドストエフスキイにしても、トマス・マンにしても、いくらでもできたことなのですが、十一世紀頃の物語としては、けっして容易なことではなかったと思うのです。おそらくそういうエッセイ的な文章、つまり物語論であるとか教育論であるとかいうようなものが、物語のなかに包括されている作品は、我が国の他の物語にも、ヨーロッパのものにも、まずあの世紀のものではほとんどないのではないかと思います。その点でも「源氏物語」は非常に珍しい作品なのです。

なかでも有名なのは「帚木《ははきぎ》」の巻の「雨夜の品定め」といわれている女性論です。源氏の宮中の宿直所《とのいどころ》へ、親友の頭《とう》の中将が遊びにき、そこに馬《うま》の頭《かみ》とか式部丞《しきぶのじょう》とかいう、女のことには相当明るい通人がお相手にきて、女の品定めをする、外は折からのさみだれに煙っている、という段です。「品定め」という言葉はいまだに生きている言葉だと思いますが、ここでは、上《かみ》の品《しな》、中《なか》の品、下《しも》の品、つまり一番上の階級の女、中ほどの女、身分の低い女、というふうに、必ずしも人柄についてではなく、半分は身分について女を三段階に分けます。上の階級であっても、それだけの値打ちのない女もいる反面、精神の働きを一番自由に見せる女は、中ぐらいの階級にいる、というような含みで、女性批評の一般論を馬の頭がし、それから自分の経験談を述べていく。

そのうちのひとつは「指食いの女」といわれる女の話で、裁縫や染物も上手ですし、よく気もつき、家内のことは何でも出来る。家妻としては申し分のない女なのですけれども、ただ非常に嫉妬《しっと》深い。男が少しでも浮気をすると、たいへんやきもちをやく。男は何人か通う女のうちで、この女こそ自分の正妻にと思っていたのですが、やきもちのあまりのひどさに、ある日、自分にはとても通い切れないからと、別れ話をもち出してみた。これでこりるだろうと思ったところが、女のほうではあっさりと、それなら別れましょう、という。大げんかになって出ていこうとしたら、自分の指を食い切った。これではいよいよ一緒にいられない、と言い残して馬の頭は逃げて帰ったのです。しかし、しばらくして、臨時の祭の調楽《ちょうがく》の夜、通って行く先もないままに、その女のうちへいってみると、いつ馬の頭が来てもいいように、着物がちゃんと暖めてあった。ただ女は親のうちへ行った後で留守だったのですが、そういう心のあたたかさを持った女だった。しかしそんなことですれ違っているうちに、とうとう病気で死んでしまった。これが指食いの女の話です。

それから、「木枯しの女」が引合いに出されます。歌も詠み琴も上手という才女で、二人の男をあやなしている。その二人の男が、偶然同じ日に御所から退出し、一緒に女の所へ行くようになったために、ばれてしまったという浮気な女です。

もうひとつは学者の娘で、学問がよくでき、その女を師としていろいろなことを習ったけれども、いかにも堅苦しく、情緒に欠けていた。あるとき訪ねていったところ、いま風邪をひいて熱を出し、大蒜《にんにく》を飲んで寝ているから、そばへ寄らないで下さいという。当時の恋愛は、前にも申しましたとおり趣味恋愛ですから、大蒜を飲んだなどとは、男に対してけっしていうべきでなく、女の風上にもおけない振舞いなのです。それでげっそりして帰ってきてしまった。それを聞いた源氏や頭の中将が、そんな女がいるものか、それじゃまるで鬼みたいじゃないかと笑ったほどの女です。

それらを承《う》けて、頭の中将が、たいへんものはかなかった女の話をします。囲っていた女が、本妻のほうからやかましいことをいってきたため、自分に隠したまま、女の子が一人あったにもかかわらず姿を消してしまった。あんな女こそものはかない女のためしであろう、としみじみ語ります。

これが実は夕顔であったと読者は後になって知るのですが、そういうのちの伏線になるような話も交えながら、抽象論から具象論に至るまで、女性論が一応尽される。

さて、その長雨も明けたある夜、源氏は物忌みで、中川にある紀伊《き》の守《かみ》の家へ行くことにします。その家で、中《なか》の品《しな》に相当する伊予の介《すけ》の後妻空蟬《うつせみ》という女が、継子の紀伊の守の家に来ていることを知り、好き心を動かして空蟬の閨《ねや》に忍んでいく、というふうに、エッセイ的な部分から本来の物語に流れ込んでいくわけです。

それまでの源氏は、もう少し階級の高い女としか関係を持たなかったし、知りもしなかった。それが雨夜の品定めののちに、中の品の人妻を知るようになる。そして、中の品の、つまり中流階級、受領《ずりよう》階級の人妻で、趣がありながら、一本筋を通し、ちょっと言い寄れば誰でもなびいてくるような源氏に対してさえ、ひとたびは余儀なく許しはしたものの、あとはどうしても許さない、許さないけれども愛情はいつまでも忘れずにいる、というような、特異な恋愛感情を持つ女を発見することになるのです。

空蟬のみならず新しい女の発見の場に見せる作者の手際は、無理のない流れといい、場面設定の妙といい、それに伴う情感の豊かさ、イメージの鮮かさ、どれをとっても心憎いばかりで、もし構成の確かさをいうなら、注意深い読者は、まずこの手際に目を瞠《みは》るでしょう。朧月夜《おぼろづきよ》との出会いは先にご紹介しましたが、北山の庵《いおり》で幼い紫の上が、まだ生えそろわない髪を扇のように切りそろえた姿で、雀の子が逃げたといって泣きながらかけてくるのを垣間見《かいま》る、あの有名な描写なども、初めて紫の上の登場する場面として実に鮮かです。

しかしそれでいて、重要な人物である藤壺とか六条の御息所《みやすどころ》とかいう最高の身分の婦人に関しては、最初に会ったときの情景は全然描かれていない。ここにも、何か逆説的な配慮があるように思われます。

エッセイ的な文章のひとつとして、いまは女性論の周辺を見てみましたが、他にも音楽論、教育論などが随所にはさみこまれ、それぞれ本来の物語とかかわりながら独得の骨格を形づくっています。そのうち、最も興味深い問題を提起し、よく引かれもするのが「螢《ほたる》」の巻の物語論です。

六条の院が完成し、夕顔の遺児の玉鬘をそこに養女として迎え入れる。玉鬘は大そう美しく、多くの男が求婚してくる。源氏自身も夕顔の面影に誘われて、忍びがたくなるままに口説くようなこともある不思議な関係なのですが、さみだれ時のやはり暑苦しい頃、六条の院の女たちの間に、物語を読むことがはやります。あちこちから借りてきては、写したり、読みあったりしている。

玉鬘の部屋へ源氏がいってみると、やはり彼女も一所懸命に写していた。そこで源氏はからかい半分に、よくもまあ女というものは、こんな暑苦しい、うっとうしい季節に、髪の顔にかかるのもかまわず、写しものなどできるものだ、しかも物語などというものは人をだまそうとして書いているものなのに、わざわざだまされるために写すのか、という意味のことをいいます。それに答えて玉鬘は、「うそが書いてあるかどうか、うそを知っているようなお方だからおわかりになるのでしょうけれど、私たちには、物語に書いてあることはみんな本当のことに思えますわ」という。源氏はまた冗談のように、「そうだそうだ、まったくそのとおり、あなたのおっしゃるとおり、物語のなかにこそ本当のことが書いてあって、古事記とか日本書紀とかいうような記録をとどめたものには、かえって本当のことは書いてないのかもしれないね」というのですけれども、そのあとで、ちょっと調子を変えて、こういうことも話すのです。「いったいに物語というものは、誰それの身の上ときめて、ありのままを語ることこそないけれども、よいこともわるいことも、この世に生きていく人のありさまで、見ても見飽きず、聞いても聞き放しにしてしまえない事実を、またそのなかで後世にまで言い伝えたいと思うことがらを、心ひとつには秘めかねて書き残しておいたのが始まりでしょう」

これは、実に鋭く、文学というもの、言葉というものの本質をついていると私は思います。「作中の人物をよくいうためには、よいことばかり選び出して書き、また読むものの気を引くためにはわるいところでも、ありそうもないほど書き集めて書くものですが、どちらにしてもみな、この世にないことではないのです」ともいい、「外国の作者は、書きかたもつくりかたも違っています。同じわが国のことであっても、昔のはまた今のと違うこともあろうし、書きかたに浅さ深さの差はありましょうが、物語がまるでうそだ、つくりものだと言い切るのも、真実とは違うことです」と、そういうふうにも言って、「仏のまことに尊いおぼしめしでお説きになった御法《みのり》にも、方便ということがあって、初心のものには矛盾しているような疑いや迷いがおこるに違いない。悟りを得ていないものは、経文のうちにあちこち矛盾しているところがあるように思い、方便を使ったものに対して疑いを持つであろうけれども、しかしせんじ詰めてみれば、菩提と煩悩のへだたりということを説いているという点では、ひとつむねに行き着くものなのです。物語のなかで、いいこと、わるいことを、まことらしくないほど誇張して、大げさに書き変えながら世の中の真実を語っているのも、やっぱり仏教の方便と同じ意味だろうと思います」――真実というものは、誇張の衣を着て表現されるということがある、が、芯《しん》のところは、仏陀《ぶつだ》が仏教の真理を伝えるために、いろいろな方便によってわかりやすく説明しているのと同じことだ、と解してよいでしょう。真実を芯にして文学というものがありうるのだ、大げさなことを書くとか、つくりもののうそを書くとかが文学の本意ではなく、真実をどういう形で他人に伝えるか、というところに作者の苦心があるのだと、作者は源氏の後ろではっきり語っているわけです。

「源氏物語」をここまで書きぬいてきた時分には、紫式部にも源氏にこういうことを言わせる相当確かな自信があったと思われます。無論これも主人公が、十分な知識を持った一流の教養人光源氏であったからこそ、つけ焼き刃的な感じがしないで受け取れるのですが。

正篇は、それらエッセイ的文章を巧みにとり入れながら、源氏の出家直前まで進んで一応幕を閉じます。

続篇は源氏の死後数年たった後の、その一族の生活から始まり、いわゆる宇治十帖に続いていきます、宇治の八の宮という、置き忘れられたように半俗半僧の生活をしている源氏の兄弟にあたる親王と、その八の宮が育てた大君《おおいぎみ》、中の君の二人の姫などが新しい登場人物です。薫が八の宮を慕って仏法の話を聞きにいくところから始まって、その二人の姫に会い、愛情を持つようになる。ことに大君は八の宮の信仰心を受けついだ女性で、薫の愛を、精神的には受け入れながら、身体ではどうしても結びつかず、妹の中の君に譲ろうとします。しかしその願いも、中の君を源氏の孫の匂《におう》の宮に横取りされてしまうことで、結局果せず、そのまま死んでいってしまいます。大君に対する哀惜が、薫をいつまでもさまよわせ、ついには、二人の姫君の異腹《ことはら》の姉妹である浮舟に移っていく。

その浮舟もまた匂の宮に愛されるようになり、二人の男の間に身を置きかねて、宇治川に身投げしようとする。がそれも横川《よかわ》の僧都《そうず》に救われて果せず、髪を半分おろしたような、半ば尼になったような生活に入ります。それを知った薫が使いをやっても、浮舟はもはや返事もよこさないという、巻名「夢浮橋《ゆめのうきはし》」そのままに、終ったような終らないような、いかにも日本文学的な終りかたで幕を閉じるわけです。

宇治十帖は、たいへんよくできた中篇小説で、構成としては正篇よりもまとまっているだろうと思います。前半はやや退屈な感じも否めませんが、浮舟が登場してからは、自殺寸前までいくような、かなりさし迫った状況さえ生れてきますから、少なくとも女性読者には、正篇と違った魅力が感じられて、おもしろいと思うのです。

しかし、あくまでも正篇あっての宇治十帖であって、人によっては、少なからず宇治十帖のほうがすぐれているという見かたもあるようですが、こんど読み返してみて、やはりそうはいえないと思いました。たしかに宇治十帖は、これだけを独立させても、王朝女流文学中の傑作ですけれども、しかし正篇がなかったならば、宇治十帖の光彩というものは、極端に薄れるでしょう。逆に正篇は、後に宇治十帖がないまま終っていたとしても、あの光彩は少しも失《う》せないであろうと思われます。それだけの重さ、長篇としての深さを具《そな》えているからです。

本居宣長

小林　秀雄

昭和時代の文芸評論家。一九〇二―八三年。ランボオ『地獄の季節』の訳詩で知られる。著作に『無常といふ事』『ドストエフスキイの生活』『モオツアルト』など。

小林秀雄の『本居宣長』は昭和四十（一九六五）年六月号から五十五年六月号まで『新潮』に連載された。

掲出箇所において小林は、宣長が『源氏物語』について「情に流され無意識に傾く歌と、観察と意識とに赴く世語りとが離れようとして結ばれる機微が、ここに異常な力で捕えられている」と見ていると述べる。『源氏物語』の歌は日常化し習慣化した贈答がそのまま物語に写されたものではなく、作者の「心ばへ」に統制され物語の構成要素として配分されたものとする。

それは「物のあはれ」の問題に繋がる。いましめの心をもって『源氏物語』を読むことを宣長は「此物語の魔」と呼んだ。いましめの心とは、『紫家七論』（六七頁）などに見られ当時の大勢だった儒仏思想に基づく諷諭《ふうゆ》的・教訓的な読み方をいう。その魔は宣長によれば「物のあはれ」をさますものである。

小林は、事物に触れて感情が動く「あはれ」と、「物のあはれを知る」ことを宣長が区別する点にも着目した。そこから、「あはれ」という不安定な現実の感情経験が作家の表現する詞花言葉の世界で安定・完成を見ると解する宣長の思考を読み取り、宣長にとって光源氏は、「物のあはれを知る」という意味を宿した完成された人間像であったことを指摘する。

なお、光源氏の一人称による現代語訳『窯変源氏物語』（中央公論社、一九九一―九三年）の著のある橋本治（一九四八―二〇一九）は、『小林秀雄の恵み』（新潮社、二〇〇七年）で小林の『本居宣長』を論じている。

◇　◇　◇

「源氏」は、ただ歌を鏤《ちりば》め、歌詞によって洗煉《せんれん》されて美文となった物語ではない。情に流され無意識に傾く歌と、観察と意識とに赴く世語りとが離れようとして結ばれる機微が、ここに異常な力で捕えられている、と宣長は見た。彼が、末とか本とかいう言葉で言いたかった真意は、恐らく其処《そこ》にある。彼の「源氏」論全体から推して、そう解していいと思う。「源氏」の内容は、歌の贈答が日常化し習慣化した人々の生活だが、作者は、これを見たままに写した風俗画家ではなかった。半ば無意識に生きられていた風俗の裡《うち》に入り込み、これを内から照明し、その意味を摑《つか》み出して見せた人だ。其処に、宣長は作者の「心ばへ」、作品の「本意《ほい》」を見たのであるが、この物語に登場する人達は、誰一人、作者の心ばえに背《そむ》いて歌は詠めていないのである。歌としての趣向を凝《こら》して自足しているようなものは一つもないし、と言って、其の場限りの生活手段、或《あるい》は装飾として消え去るような姿で現れているものもない。すべては作者に統制され、物語の構成要素として、生活の様々な局面を点綴《てんてい》するように配分されている。

例えば、作者が一番心をこめて描いた源氏君と紫の上との恋愛で、歌はどんな具合に贈答されるのか。まことに歌ばかり見て、恋情を知るのは末なのである。いろいろな事件が重なるにつれて、二人の内省家は、現代風に言って互に自他の心理を分析し尽す。二人の意識的な理解は行くところまで行きながら、或はまさにその故に、互の心を隔てる、言うに言われぬ溝が感じられる。孤独がどこから現れ出たのか、二人とも知る事が出来ない。出来ないままに、互に歌を詠み交わすのだが、この、二人の意識の限界で詠まれているような歌は、一体何処から現れて来るのだろう。それは、作者だけが摑んでいる、この「物語」という大きな歌から配分され、二人の心を点綴する歌の破片でなくて何であろう。そんな風な宣長の読み方を想像してみると、それがまさしく、彼の「此物語の外に歌道なく、歌道の外に此物語なし」という言葉の内容を成すものと感じられて来る。

彼が歌道の上で、「物のあはれを知る」と呼んだものは、「源氏」という作品から抽《ひ》き出した観念と言うよりも、むしろそのような意味を湛《たた》えた「源氏」の詞花《しか》の姿から、彼が直《じ》かに感知したもの、と言った方がよかろう。彼は、「源氏」の詞花言葉を翫《もてあそ》ぶという自分の経験の質を、そのように呼ぶより他はなかったのだし、研究者の道は、この経験の充実を確かめるという一と筋につながる事を信じた。この道を迷わすものを、彼は「魔」という強い言葉で呼んだ。「抑《そもそも》いましめのかたに、ひきいるるを、此《これ》物語の魔也《なり》といふいはれはいかにといふに、いましめの心をもて見るときは、物語のさまたげとなる故に、しかいふ也。なにとてさまたげとはなるぞといふに、いましめの方に見るときは、物の哀をさます故也。物のあはれをさますは、此物語の魔にあらずや。又歌道の魔にあらずや」（「紫文要領」巻下）。ここで、彼が特に「いましめの方」を言っているのは、「河海抄《かかいしょう》」以来「紫家七論《しかしちろん》」に至るまで、「源氏」研究の大勢は、この観点に立ったものだったからだ。それよりも、ここで使われている「魔」という言葉の意味の方が、余程強い事を考えた方がよい。

「魔」は「物の哀」をさますと言う。では、「物の哀」とは夢であり、現実の側から現れる「魔」によって醒《さ》めるのか。誤解しなければ、そう言っても少しも差支《さしつか》えはあるまい。詞花の工夫によって創り出された「源氏」という世界は、現実生活の観点からすれば、一種の夢というより他はない。質の相違した両者の秩序の、知らぬうちになされる混同が、諸抄《しょしょう》の説の一番深いところにある弱点である事を、宣長は看破していた。「源氏」が精緻《せいち》な「世がたり」とも見えたところが、人々を迷わせたが、その迫真性は、作者が詞花に課した演技から誕生した子であり、その点で現実生活の事実性とは手は切れている。「源氏」という、宣長の言う「夢物語」が帯びている迫真性とは、言語の、彼の言う「歌道」に従った用法によって創り出された調べに他ならず、この創造の機縁となった、実際経験上の諸事実を調査する事は出来るが、先《ま》ずこの調べが直知出来ていなければ、それは殆《ほとん》ど意味を成すまい。「源氏」が作者不詳の作であっても、その価値に変りはないし、作者の「日記」も、作に照らされなければ、その意味を完了しまい。

光源氏という人間は、本質的に作中人物であり、作を離れては何処にも生きる余地はない。宣長は、これを認識した最初の学者であったが、又、個性的な開眼を孕《はら》んだ、その認識の徹底性に於《お》いて、最後の人だったとも言える。光源氏を、「執念《しうね》く、ねぢけたる」とか、「虫のいい、しらじらしい」とかと評する秋成《あきなり》や潤一郎の言葉を、宣長が聞いたとしても、この人間通には、別段どうという事はなかったであろうが、「源氏」を理解しようとする良心からすれば、そのような人物評は冗談に過ぎない、とは、はっきり言ったであろう。彼は、「源氏」を論じて、この種の光源氏の品定め、実生活を拠《よ》りどころとする品定めを一切しなかった。作者の「心ばへ」、この主人公を生けるが如く描き出した、作者の創作の方法が、これを拒んでいると見たからだ。「雨夜の品定」に、当時の社会人たる式部の女性観を見るのはよいが、「源氏」の作者としての式部が、其処にどのような趣向を意識していたかは別の話だ。宣長は、「雨夜の品定」の、自由で繊細な実際生活に立つ人物評が、遂に挫折《ざせつ》するのを見た。いや挫折させたのが作者の趣向であり、「極意」であったと見た事は、既に書いた通りである。

作者は、「よき事のかぎりをとりあつめて」源氏君を描いた、と宣長が言うのは、勿論《もちろん》、わろき人を美化したという意味でもなければ、よき人を精緻に写したという意味でもない。「物のあはれを知る」人間の像を、普通の人物評のとどかぬところに、詞花によって構成した事を言うのであり、この像の持つ疑いようのない特殊な魅力の究明が、宣長の批評の出発点であり、同時に帰着点でもあった。彼が使った「いましめの方」の「いましめ」という言葉は広義であり、今日では、まず「思想」という言葉と受取っても差支えなかろう。とすれば、彼は、式部を無論、思想家とは考えなかったし、源氏君に備わる、その表現性は、全く純一であって、思想という知的に構成された異物は、少しも混っていないと断言したと言える。彼はこれを、「もろこしの書の習気のうせぬあひだは、此物語の意味は、えしるまじき事也」*という言葉で現した。

式部は、当時の一流知識人として儒仏の思想に通じていた事に間違いないし、恐らくこれを素直に受け納《い》れていたであろう。宣長に、それくらいの事が見えていなかった筈《はず》はないが、彼は、そういうものの影響から、「此物語の意味」を知る事は不可能である事を、もっとよく見ていた。影響にもかかわらず、何故式部は此《こ》の物語を創り得たかに、彼の考えは集中していたとまで言ってよい。この、宣長の「源氏」論の、根幹を成している彼の精神の集中は、研究の対象自体によって要請されたものであった。それは、詞花言葉の工夫によって創り出された、物語という客観的秩序が規定した即物的な方法だったので、決して宣長の任意な主観の動きではなかった。彼は、「源氏」を、漠然と感動的に読んだのではない。

「源氏」という物が直接に示す明瞭《めいりょう》な感動性、平凡な日常の生活感情の、生き生きとした具体化を為《な》し遂げた作者の創造力或は表現力を、深い意味合で模倣してみるより他に、此の物語の意味を摑む道は考えられぬとした。この徹底性に着目すれば、彼の「源氏」論を、文芸の自律性を説いたものと、解りやすく要約して了《しま》う事は出来ない。「源氏」を成立させた最大で決定的な因子は、この、言語による特殊な形式に関し、この作家に与えられた創造力にあるのであり、これに比べれば、この作家の現実の生活や感情の経験など言うに足りない、そういう、今日でも猶汲《なおく》み尽す事の出来ないむつかしい考えが、宣長の「源氏」論を貫き、これを生かしているのである。

彼の言う「あはれ」とは広義の感情だが、なるほど、先ず現実の事や物に触れなければ感情は動かない、とは言えるが、説明や記述を受附けぬ機微のもの、根源的なものを孕んで生きているからこそ、不安定で曖昧《あいまい》なこの現実の感情経験は、作家の表現力を通さなければ、決して安定しない。その意味を問う事の出来るような明瞭な姿とはならない。宣長が、事物に触れて動く「あはれ」と、「事の心を知り、物の心を知る」事、即ち「物のあはれを知る」事とを区別したのも、「あはれ」の不完全な感情経験が、詞花言葉の世界で完成するという考えに基く。これに基いて、彼は光源氏を、「物のあはれを知る」という意味を宿した、完成された人間像と見たわけであり、この、言語による表現の在るがままの姿が、想像力の眼に直知されている以上、この像の裏側に、何か別のものを求めようとは決してしなかったのである。

＊もろこしの書の…　「紫文要領」〈巻下〉から。唐土《もろこし》（中国）の書物を基準にして考える習慣がなくならない限りは、の意。

古典龍頭蛇尾

太宰治

昭和時代の小説家。一九〇九―四八年。自己破滅型の私小説作家として執筆をつづけ、現代においても人気が高い。代表作に『走れメロス』『津軽』『人間失格』など。

原稿用紙八枚で依頼された、日本文学についての太宰治の随筆。昭和十一(一九三六)年に書かれた。

日本文学の伝統や古典文学についての記述が主で、『源氏物語』への言及は数箇所にとどまる。その評価は否定的で、「源氏物語自体が、質的にすぐれているとは思われない。源氏物語と私たちとの間に介在する幾百年の風雨を思い、そうしてその霜や苔《こけ》に被《おお》われた源氏物語と、二十世紀の私たちとの共鳴を発見して、ありがたくなって来るのであろう。いまどき源氏物語を書いたところで、誰もほめない」と述べている。ただ、長い間読み継がれることにより「古典」化してゆく過程を指摘しており、それはいわゆるカノン化の議論に通じよう。

ただし、上記の評価もあくまでもこの時点では、という留保が必要かもしれない。「日本の古典から盗んだことがない」という一文を目にすると、『お伽草紙《とぎぞうし》』のような古典に取材した太宰の作品が思い浮かぶところだが、それらはこの随筆よりも後に書かれたものが多い。「私は、友人たちの仲では、日本の古典を読んでいるほうだとひそかに自負しているのであるが」とも述べており、古典の素養は次第に作品に生かされてゆくことになる。カチカチ山への言及も見られる。

文中の「かぐや姫をレヴュウ（注：歌劇）にしたそうであるが」というのは、この文章の前年（昭和十年）十一月二十一日に公開された映画「かぐや姫」のことであろうか。田中喜次監督、北澤かず子や藤山一郎らが出演し、松岡映丘が美術、宮城道雄が音楽を手がけたが、同日の『東京朝日新聞』朝刊では、「「竹取物語」の新解釈もここまで低俗化されては面白みがあらうか」と酷評されている。

きのうきょう、狂せむほどに苦しきこと起り、なすところなく額の油汗拭《ぬぐ》うてばかりいたのであるが、この苦しみをよそにして、いま、日本文学に就いての涼しげなる記述をしなければならない。こうしてペンを握ったまま、目を閉じると、からだがぐいぐい地獄へ吸い込まれるような気がして、これではならぬと、うろうろうろうろ走り書きしたるものを左に。

◇◇◇

日本文学に就いて、いつわりなき感想をしたためようとしたのであるが、はたせるかな、まごついてしまった。いやらしい、いやらしい、感想の感想の、感想の感想が、鳴戸《なると》の渦のようにあとからあとから湧いて出て、そこら一ぱいにはんらんし、手のつけようもなくなった。この机辺《きへん》のどろどろの洪水を、たたきころして凝結させ、千代紙細工のように切り張りして、そうして、ひとつの文章に仕立てあげるのが、これまでの私の手段であった。けれども、きょうは、この書斎一ぱいのはんらんを、はんらんのままに掬《すく》いとって、もやもや写してやろうと企てた。きっと、うまくゆくだろう。

「伝統。」という言葉の定義はむずかしい。これは、不思議のちからである。ある大学から、ピンポンのたくみなる選手がひとり出るとその大学から毎年、つぎつぎとピンポンの名手があらわれる。伝統のちからであると世人は言う。ピンポン大学の学生であるという矜持《きょうじ》が、その不思議の現象の一誘因となって居るのである。伝統とは、自信の歴史であり、日々の自恃《じじ》の堆積《たいせき》である。日本の誇りは、天皇である。日本文学の伝統は、天皇の御製《ぎょせい》に於《お》いて最も根強い。

五七五調は、肉体化さえされて居る。歩きながら口ずさんでいるセンテンス、ふと気づいて指折り数えてみると、きっと、五七五調である。――ハラガヘッテハ、イクサガデキヌ。ちゃんと形がととのって居る。

思索の形式が一元的であること。すなわち、きっと悟り顔であること。われから惑乱している姿は、たえて無い。一方的観察を固持して、死ぬるとも疑わぬ。真理追及の学徒ではなしに、つねに、達観したる師匠である。かならず、お説教をする。最も写実的なる作家西鶴《さいかく》でさえ、かれの物語のあとさきに、安易の人生観を織り込むことを忘れない。野間清治《のませいじ》氏の文章も、この伝統を受けついで居るかのように見える。小説家では、里見弴《さとみとん》氏。中里介山《なかざとかいざん》氏。ともに教訓的なる点に於《お》いて、純日本作家と呼ぶべきである。

日本文学は、たいへん実用的である。文章報国。雨乞《あまご》いの歌がある。ユーモレスクなるものと遠い。国体のせいである。日本刀をきたえる気持ちで文を草している。一筆三拝。

文章を無為に享楽する法を知らぬ。やたらに深刻をよろこぶ。ナンセンスの美しさを知らぬ。こ理くつが多くて、たのしくない。お月様の中の小兎をよろこばず、カチカチ山の小兎を愛している。カチカチ山は仇討《あだう》ち物語である。

おばけは、日本の古典文学の粋《すい》である。狐の嫁入り。狸の腹鼓《はらづつみ》。この種の伝統だけは、いまもなお、生彩を放って居る。ちっとも古くない。女の幽霊は、日本文学のサンボルである。植物的である。

日本文学の伝統は、美術、音楽のそれにくらべ、げんざい、最も微弱である。私たちの世代の文学に、どんな工合《ぐあ》いの影響を与えているだろう。思いついたままを書きしるす。

答。ちっとも。

私たちの世代にいたっては、その、いとど嫋嫋《じょうじょう》たる伝統の糸が、ぷつんと音たてて切れてしまったかのようである。詩歌の形式は、いまなお五七五調であって、形の完《かん》璧《ぺき》を誇って居るものもあるようだが、散文にいたっては。

抜けるように色が白い、あるいは、飛ぶほどおしろいをつけている、などの日本語は、私たちにとって、異国の言葉のように耳新しく響くのである。たしかに、日本語のひとつひとつが、全く異った生命を持つようになって居るのである。日本語にちがいはないのだけれども、それでも、国語ではない。一語一語のアイデアが、いつの間にか、すりかえられて居るのである。残念である、というなんでもない一言でさえ、すでに異国語のひびきを伝えて居るのだ。ひとつのフレエズに於いてさえ、すでにこのように質的変化が行われている。

病トロツキイが、死都ポンペイを見物してあるいているニュウス映画を見たことがある。涙が出たくらいに、あわれであった。私たちの古典に対する、この光景と酷似して居る。源氏物語自体が、質的にすぐれているとは思われない。源氏物語と私たちとの間に介在する幾百年の風雨を思い、そうしてその霜や苔《こけ》に被《おお》われた源氏物語と、二十世紀の私たちとの共鳴を発見して、ありがたくなって来るのであろう。いまどき源氏物語を書いたところで、誰もほめない。

日本の古典から盗んだことがない。私は、友人たちの仲では、日本の古典を読んでいるほうだとひそかに自負しているのであるが、いまだいちども、その古典の文章を拝借したことがない。西洋の古典からは、大いに盗んだものであるが、日本の古典は、その点ちっとも用に立たぬ。まさしく、死都である。むかしはここで緑酒《りょくしゅ》を汲《く》んだ。菊の花を眺めた。それを今日の文芸にとりいれて、どうのこうのではなしに、古典は、古典として独自のたのしみがあり、そうして、それだけのものであろう。かぐや姫をレヴュウにしたそうであるが、失敗したにちがいない。

日本の古典文学の伝統が、もっとも香気たかくしみ出ているものに、名詞がある。幾百年の永いとしつき、幾百万人の日本の男女の生活を吸いとって、てかてか黒く光っている。これだけは盗めるのである。野は、あかねさすむらさき野。島は、浮島、八十島《やそしま》。浜は、長浜。浦は、生《おう》の浦、和歌の浦。寺は、壺坂《つぼさか》、笠置《かさぎ》、法輪。森は、忍《しのび》の森、仮寝《うたたね》の森、立聞《たちぎき》の森。関は、なこそ、白川。古典ではないが、着物の名称など。黄八丈《きはちじよう》、蚊がすり、藍《あい》みじん、麻の葉、鳴海《なるみ》しぼり。かつて実物を見たことがなくても、それでも、模様が、ありありと眼に浮ぶから不思議である。これをこそ、伝統のちからというのであろう。

すこし調子が出て来たぞと思ったら、もう八枚である。指定の枚数である。ふたたび、現実の重苦しさが襲いかかる。読みかえしてみたら、甚だわけのわからぬことが書かれてある。しどろもどろの、朝令暮改。こんなものでいいのかしら。何か気のきいた言葉でもって結びたいのだが、少し考えさせて下さい。

いよいよだめだ。これでおしまいだ。おゆるし下さい。私は小説を書きたいのです。

物語の中の歌の有効性――紫式部の歌

馬場　あき子

昭和時代から令和時代にかけて活躍する歌人・能作家・評論家。一九二八年生。歌集に『早笛』『飛種』、評論に『式子内親王』『鬼の研究』など。

馬場あき子による、紫式部の和歌論。初出は『国文学　解釈と鑑賞』第四十巻第五号（一九七五年四月）。紫式部にとっては、祝宴のような晴れの場に引き立つ歌をよむことはあまり得意ではなかったようだとした上で、『源氏物語』においても凝った趣向のはえばえしい場面より、なだらかにめだたぬ心用意の美しい場面での詠歌が効果的であることを指摘する。「歌は本音をもらすなつかしさや、いじらしさの場に置かれて力を発揮しているのだ」と述べる。『源氏物語』における歌は凹部で突出部ではなく、歌物語である『伊勢物語』が歌を頂点として背後に物語を構成しているとの全く逆の方向にあるとの指摘も印象的である。

紫式部は歌を俟《ま》たずとも散文により情景をすべて過不足なく描きつくせるにもかかわらず、虚構の場が肉声化されるための抒情《じよじよう》的方法として歌を意図的に利用しており、それは場面の要約の役目をも果たしているという。また一方で式部にとって歌は、ほのかに物狂おしい物語世界の折り目折り目に、ふとかえる正気のことばでもあったと推測する。

◇◇◇

紫式部にとって歌とはなんだったろう。『源氏物語』の蛍の巻《まき》で物語論を展開した式部は、「虚言《そらごと》をよくしなれたる口つきよりぞ言ひ出すらむと覚ゆれど、然《さ》しもあらじや」と源氏に言わせる一方では、「日本紀などは、ただかたそばぞかし。これらにこそ道々しく委《くは》しきことはあらめ」ともいわせている。

つまり、興にのって構出する物語に真実性の乏しさを嘆きながらも、それは全く虚言ではないといっているのであり、『日本紀』などの史書以上に、人間の内がわのことは本当は物語などの様式のほうがよく伝えることができるといっているのである。物語についてのこの見解は、当時の第一級の評論として今日にみとめられているわけだが、では、歌についてはどうなのであろう。

『紫式部日記』によれば、後一条天皇誕生の祝宴の日、当代の才人公任《きんとう》から盃《さかずき》をさされたらどうしようというので、心ひそかに用意した歌は、「めづらしき光さしそふさかづきはもちながらこそ千代もめぐらめ」というものであった。なるほどこの歌は、いくらか得意になって記し残しただけあって、祝宴の酔いのまわりはじめたような席によみ上げられれば、かなり引き立つ趣向をもった巧みな歌だといえよう。

しかし、式部にとってこうした晴れの場に引き立つ歌をよむことは、あまり得意とするところではなかったようだ。『紫式部集』の歌をみても、どちらかといえばごく日常的な情感や挨拶《あいさつ》がわりのことばが歌となっており、いわば当時の常識的範囲の作歌法から抜け出た個性を感ずることはできない。したがって例の、奈良の僧都《そうず》のもとから中宮殿に届けられた桜の取り入れ役を伊勢大輔《たいふ》に譲ってやったという逸話なども、新参の才《ざえ》ある女房を引き立てたというより、晴れの場で歌が要請されるにが手の役を逃げたのではないかと考えられる。

『源氏物語』には、「ことさらにつくり出でたらんやう」な凝った趣向のはえばえしい場面と、「つつましげに紛らはし隠して」というような、なだらかにめだたぬ心用意の美しい場面とが、それぞれにその美意識を賞《め》でられているが、歌はこの後者の場を得て効果的である場合が多い。人為的な美意識に支えられ、一つの緊張した場面をつくっている物語世界のなかでは、歌は本音をもらすなつかしさや、いじらしさの場に置かれて力を発揮しているのだ。いいかえれば紫式部において和歌的なものの本質はそうした世界であった。『源氏物語』という虚構の場において、歌はその凹部であって、けっして突出部ではない。それは『伊勢物語』が、歌を頂点として背後に物語を構成しているのと全く逆の方向にあるといえる。

暁の別れはいつも露けきをこは世に知らぬ秋の空かな

という一首は、賢木《さかき》の巻の野の宮の別れとして、忘れがたい場面のなかにおかれているが、独立したかたちで一首を取り出して鑑賞するにはいまだしの感ある歌である。しかし、賢木の巻のヤマをなす野の宮の別れの暁、ことさらにつくり出したような美しい明けの空を眺める源氏は、筋書きの流れの上からも、真摯《しんし》な詠嘆の声を発することが求められており、それはどうしても和歌の形でなくてはならない。そうしたところにも紫式部の和歌認識をみることはできよう。この歌につづけては「出でがてに御手をとらへてやすらひ給へる、いみじうなつかし」とかかれており、源氏と御息所の再びは重ねられることのないであろう手と手のぬくみを通して、この歌が味わわれることを求めている。

あまりうまくない歌だが、紫式部は補足してさらに「風いと冷やかに吹きて、松虫の鳴きからしたる声も折しり顔なるを」という情景も描写し、源氏と御息所《みやすどころ》の「思ほし残すことなき御中らひ」の終焉《しゅうえん》は、歌を俟《ま》たずともすべて過不足なく描きつくされているのである。にもかかわらず、ここに歌があることは、虚構の場が肉声化されるための抒情《じょじょう》的方法として有効であり、それにはかえって、最大公約数的な平易な歌による場面の要約が必要であった。式部にとって、歌とはそういう場と情況に応じて、直截《ちょくせつ》に心が心を確認しあう方法としてあり、こうした〈歌〉の日常的役割が、かなり意図的に利用されている。

式部はまた、『紫式部集』にみる生活の現場での歌よりも、物語的場面に自己を置きかえた場合のほうが、いく分開放的なゆとりをもてたようだ。一つの例をあげれば、

入る方はさやかなりける月かげをうはの空にも待ちし宵かな　……式部

さしてゆく山の端もみなかき曇り心のそらに消えし月かげ　……宣孝《のぶたか》

という、夫への恨みと妻への弁明の贈答歌は、夕顔の巻で、行方も知らず源氏に伴われる女の不安な思いを詠じた歌、

山の端の心もしらで行く月はうはの空にて影や絶えなむ

の一首に集約されて、よりすぐれた歌として生まれかわっている。とはいえ、散文によって十分に描ききり充足しうる力をもった式部においては、和歌によってなにものかを拓《ひら》くことはむしろ興味の外であったかもしれない。物語が、むしろ和歌的常識から脱出する方法であったとすれば、和歌の効果を散文以上に信頼していなかったとしても当然である。

『源氏物語』の区切り区切りに、適度に配置されていく歌々は、ひとつには虚構の世界を肉声化する役割を負って存在するが、もう一方では、綿々とことばをつらねて人の内がわにかかわりやまなかった式部の、ほのかに物狂おしい物語世界の折り目折り

目に、ふとかえる正気のことばとして、作者の正の位置を示す現実認識であったとも思われるのである。

おわりに ——「愛憎」の彼方に

ここでは、本書に収録できなかった作品にいくつか触れながら、書名に掲げた「愛憎」ということについて考えてみたい。

本居宣長《もとおりのりなが》の「もののあはれをしる」説に先立ち、契沖《けいちゅう》（一六四〇―一七〇一）は『源註拾遺《げんちゅうしゅうい》』（一六九六年成立、一八三四年刊）において、『源氏物語』は勧善懲悪の物語ではないと述べて新しい読みの可能性を開いた。「春秋《しゅんじゅう》の褒貶《ほうへん》は善人の善行、悪人の悪行を面々にしるして、これはよし、かれはあしと見せたればこそ勧善懲悪あきらかなれ。此物語は一人の上に善悪相まじはれる事をしるせり。何ぞこれを春秋等に比せん」とある。登場人物が『春秋』（中国の春秋時代の経書）のように善行をする善人と悪行をする悪人に分れていれば勧善懲悪の意図が明白だが、『源氏物語』は一人の身の上に善と悪が混在しているというのである。『源氏物語』における善悪の問題は、本書で紹介した言説でも何度も取り上げられた。

そして、『源氏物語』自体、千年の間愛憎両面の評価を受けてきた。物語の愛読者にとっては、「愛憎」の「憎」は縁遠いものに感じられようし、共感できない言説をわざわざ読む意義が認められないかもしれない。しかし、本書でも明らかなように「憎」の理由は諸書同じものではないし、戦時期のものなどを読むと時代が「憎」の読みを要求しているような雰囲気さえ感じられる。

また、本書に収める作品を選びながら、『源氏物語』を論じる各々の文章の中にも愛憎半ばする記述が多いことに改めて気づかされた。明治期の講義録を例に指摘しておきたい。

明治三十二(一八九九)年の芳賀矢一《はがやいち》(一八六七―一九二七)『国文学史十講』(富山房)は「源氏の藤壺と通じた事もひどい話です」とした上で、以下のように述べる。

斯様《かよう》な腐敗した社会の有様を書いたものを我国《わが》文学の第一のもののように珍重しなければならぬというのも実は情ないものです。学校などで教科書などにして読ませるということは決して面白からぬことであります。

そう断った上で続けて『源氏物語』の価値を述べるという屈折した形をとる。

併《しか》しながら、その当時の筆で、何しろ大部の物語故《ゆえ》、その時分の有様は明に分りますから、歴史をやる人も、語学をやる人にも、大切な好古《こうこ》の材料になるので、研究する必要があるのでございます。又純粋な文学という側から見れば、この五十四帖の中に、種々雑多の人物を出してそれに種々の性行を持たせ、それを活かせて居る筆力全体の文章の力、文章上の伎倆《ぎりょう》、特にそれが後の文学に与えた影響というものは、誠に大きなものである。我国の文学に於《おい》て仮名文でそれ丈《だ》けの影響を後に遺《のこ》したということは、文学上から見れば誠に貴いことである。国文学歴史の中では、兎《と》に角大立物《かくおおだてもの》であります。

『源氏物語』の価値は「好古の材料」、「筆力」に加え、「影響」も含まれている。物語の面白さや楽しさといった言葉でなく、「誠に貴い」と評されているのは象徴的であろう。それゆえに、「研究する必要がある」というのである。

旧制第一高等学校の教授・校長を務め、夏目漱石（一八六七―一九一六）『吾輩は猫である』の津木ピン助のモデルとされる杉敏介《すぎとしすけ》（一八七二―一九六〇）は『東京歴史及地理講義録　本邦文学史講義』（弘文館、一九〇二年）の中で、『源氏物語』について次のように記述している。

この書、文辞今更いうも愚なれど、艶麗富贍《ほうれいふせん》にして曲折委細《きょくせついさい》真に平安朝物語中の頭領《ずりょう》たり。其叙景《そのじょけい》の文に於いて、其叙景の筆に於いて、其対話の辞に於いて、殆《ほと》んど一朱《いっしゅ》の施すべきなく、一指の着くべきなし。

その上で、「誠に千古《せんこ》の至文《しぶん》ともいふべし」と賞している。一方で、「若《も》し強ていわば、全篇を通じて、気力の足らざるを惜しまんか」と述べているのは、内村鑑三による『源氏物語』が日本の士気を鼓舞することのために何をしたか」(八三頁)という批判と問題意識は通じていよう。

さらに、「趣向に関する批難」という見出しを立て、評価よりも多く言葉を費やして道徳の問題を論ずる。

唯茲《ただここ》に議論あるは、此の書の淫行、不義の事を多く記載せる事なり。余は今之《これ》を一々挙ぐる事を好まず。言うに忍びざるものあればなり。……畢竟《ひっきょう》作者が霊腕妙手《れいわんみょうしゅ》、よく当時の不倫悖徳《ふりんはいとく》の状態を描写して、其《その》趣に逼《せ》まり、殆《ほと》んど純化の極致に達するものがあるが故なり。故によく人をして其真なるに、美なるに、恍惚たらしめて、暫《しば》しその善ならぬを忘れしむるに足るなり。然りと雖《いえども》不倫は遂に不倫なり、悖徳は遂に悖徳なり。沈思瞑想すれば、所容の事実は到底擯斥《ひんせき》せざるを得ざるなり。

平凡社東洋文庫にも収められている、藤岡作太郎（一八七〇―一九一〇）『国文学全史　平安朝編』（東京開成館、一九〇五年）もまた、

平安朝第一の小説はと問わば、誰か直ちに源氏物語を以て答えざらん。源氏以前に源氏なきはもとより、源氏以後また源氏に比すべきものなし。源氏物語はただに平安朝第一なるのみならず、古今を通じてわが国第一の小説なり。

と述べた上で、「物一長あれば一短あり」として、「源氏の弊《へい》」についても指摘しつつ弁護する。

問題はあるが素晴らしい、といったエクスキューズ付きの記述、この屈折が『源氏物語』への言及の型として確立している。上記のいずれも、啓蒙《けいもう》的性格を持っていることも影響しているはずだが、他にもそのような言説は見られ、全体を褒めてから物

語の核心部分を批判したり、批判の後に弁護するといったものがある。それらは一見すると今日の『源氏物語』評のあり方とは異なるようだが、「愛」と「憎」の評を繋ぐエクスキューズの部分は実は単に表立って書かれておらず言葉になっていないだけで、暗渠《あんきょ》のように今も地下を流れ続けているのではなかろうか。

『源氏物語』への評価は、主に大正期以降、世界的位置づけという視点が加わるようになる。大正二(一九一三)年に日本文章学院によって編まれた『通俗新文章問答』(新潮社)は、今日でもよく使われるフレーズ「世界最古の長篇小説」が登場する早い例である。

源氏物語はひとりわが文学中の大産物であるのみならず、世界文学中の精華で、之を年代からいっても世界最古の長篇小説である。而《しか》も其《その》客観的描写的で文学として最も進んだ体形を具《そな》えているのだから驚く外はない。歌人の与謝野晶子は座右常に此物語を離した事は無いそうだ。

本書で見た教科書『小学国語読本』にも「今日では外国語に訳され、世界的の文学としてみとめられるようになりました」(一一七頁)として世界を意識した文言があったし、円地文子はドストエフスキイを引き合いに『源氏物語』を語っている（一五七頁）。

一九六五年にはユネスコにより、「紫式部は、日本人としてはじめて「世界の偉人」に選ばれ、シーザー、シェークスピア、ゲーテなどと肩を並べることになった」（『読売新聞』一九六六年一月七日朝刊）。これも世界を意識した流れに連なるものであるし、今も『源氏物語』の世界記憶遺産登録をめざす動きがある。「世界文学」として『源氏物語』を評する試みは今後も加速するだろうが、『源氏物語』の読みをめぐる千年の豊かな「愛憎」の反復についても、その行方を引き続き注視したい。

このアンソロジーは、ＫＡＤＯＫＡＷＡの学芸ノンフィクション編集部、宮川友里氏により企画された。作品選定やリード文について的確な感想と示唆をいただいたことに深く感謝申し上げる。

出典一覧

Ⅰ　古典篇

紫式部日記
『紫式部日記　現代語訳付き』角川ソフィア文庫、二〇一〇年
更級日記
『更級日記　現代語訳付き』角川ソフィア文庫、二〇〇三年
無名草子
『新編日本古典文学全集 40』小学館、一九九九年
宝物集
『新日本古典文学大系 40』岩波書店、一九九三年
六百番歌合
『新日本古典文学大系 38』岩波書店、一九九八年
源氏物語表白
『湖月抄』一六七三年（架蔵）

今物語
『今物語』講談社学術文庫、一九九八年
河海抄
『紫明抄・河海抄』角川書店、一九六八年
本阿弥行状記
『本阿弥行状記と光悦』中央公論美術出版、一九六五年
鳩巣小説
『続史籍集覧第六冊』近藤出版部、一九三〇年
本朝列女伝
『本朝列女伝』巻三、一六六八年（東京大学駒場図書館一高文庫蔵）
紫家七論
『紫家七論』刊年不明（国文学研究資料館初雁文庫蔵）
源氏物語玉の小櫛
『本居宣長全集　第四巻』筑摩書房、一九六九年

Ⅱ　近現代篇

後世への最大遺物
『後世への最大遺物・デンマルク国の話』岩波書店、二〇一一年
新訳源氏物語の後に
『与謝野晶子の新訳源氏物語――薫・浮舟編』角川書店、二〇〇一年
長編小説の研究
『定本　花袋全集　第二十六巻』臨川書店、一九九五年
文芸的な、余りに文芸的な
『芥川龍之介全集　第十五巻』岩波書店、一九九七年
英訳『源氏物語』
『正宗白鳥全集　第二十二巻』福武書店、一九八五年
『源氏物語』について
『日本精神史研究』岩波書店、一九二六年
小学国語読本「源氏物語」
『小学国語読本　尋常科用　巻十一』大阪書籍株式会社、一九三八年
小学国語読本巻十一「源氏物語」について文部省の自省を懇請する

『国語解釈　第三巻第七号』瑞穂書院、一九三八年
伝統・小説・愛情
『折口信夫全集　第八巻』中央公論社、一九五五年
にくまれ口
『谷崎潤一郎全集　第二十四巻』中央公論新社、二〇一六年
源氏物語と私
『湯川秀樹著作集6』岩波書店、一九八九年
源氏物語の構造
『源氏物語私見』新潮社、一九七八年
本居宣長
『小林秀雄全作品27　本居宣長　上』新潮社、二〇〇四年
古典龍頭蛇尾
『太宰治全集　11』筑摩書房、一九九九年
物語の中の歌の有効性──紫式部の歌
『馬場あき子全集第六巻　古典和歌・女流短歌論』三一書房、一九九七年

源氏愛憎《げんじあいぞう》

源氏物語論《げんじものがたりろん》アンソロジー

田村《たむら》 隆《たかし》＝編・解説

令和5年 11月25日　初版発行

発行者●山下直久

発行●株式会社KADOKAWA
〒102-8177　東京都千代田区富士見2-13-3
電話　0570-002-301（ナビダイヤル）

角川文庫 23915

印刷所●株式会社暁印刷
製本所●本間製本株式会社

表紙画●和田三造

●お問い合わせ
https://www.kadokawa.co.jp/（「お問い合わせ」へお進みください）
※内容によっては、お答えできない場合があります。
※サポートは日本国内のみとさせていただきます。
※Japanese text only

ISBN 978-4-04-400764-5　C0195